AF214870

Zu diesem Buch

1966 flieht Julia Thompson mit siebzehn Jahren Hals über Kopf aus England nach Duisburg zu ihrer Mutter, die sie schwer verletzt vor ihrer Tür liegend findet.

Fünf Monate später bringt sie ihre Tochter Lotte zur Welt, die für die ungewollte Schwangerschaft, die Julias unbekümmertes Leben und ihren Traum von einer Modelkarriere zerstört hat, büßen soll. Nach fünfzehn Jahren Demütigung und Fremdbestimmung erlangt Lotte durch einen schweren Sturz vom Schwebebalken unverhofft ihre Freiheit, da der mütterliche Missbrauch im Krankenhaus ans Licht kommt und Julia in die Psychiatrie eingewiesen wird. Lotte nutzt ihre neu gewonnene Freiheit dazu, herauszufinden, wer ihr Vater ist und was damals im Jahr 1966 wirklich geschehen ist. Bei ihrer Suche stößt sie auf erschütternde Familienge heimnisse, die mit dem Kindertransport der Großmutter nach England 1938 beginnen und 1982 in einer ungeahnten Begegnung ihren Höhepunkt finden.

Denise Rüller

Die Leiden der jungen Lotte

Roman

Für Nissi

»Das habe ich getan«, sagt mein Gedächtnis. »Das kann ich nicht getan haben«, sagt mein Stolz und bleibt unerbittlich. Endlich - gibt das Gedächtnis nach.

Friedrich Nietzsche, *Jenseits von Gut und Böse*

Parkklinik Hochfeld Duisburg
Prof. Dr. Mechthild Rosenowsky

Therapieprotokoll

Name der Patientin: Schröder, Julia
eingewiesen am: 10.08.1982
geboren am 15.01.1949 in Neasden (GB)
Familienstand: ledig
Kinder: eine Tochter, geb. am 15.04.1967
in Duisburg

Sitzung: 1.   **Datum: 12.08.1982**

<u>Äußeres Erscheinungsbild</u>
Die Patientin hat einen asketischen
Körperbau, wirkt allerdings ausgezehrt.
Sie macht einen sehr gepflegten Eindruck,
ist akkurat geschminkt, trägt auffällig
schweres Parfüm, hat ihre Haare streng zu
einem Dutt gebunden, rot lackierte
Fingernägel und Lippenstift. Sie ist
fraulich-streng gekleidet mit engem,
knielangem Rock, Bluse, Jacket und Pumps.
Trägt Ohrringe und eine Halskette, keine
Ringe.

<u>Äußeres Verhalten</u>
Die Patientin tritt nervös in das
Behandlungszimmer ohne zu grüßen und

begegnet mir in einer feindseligen Haltung. Sie durchbohrt mich minutenlang mit starrem Blick ohne zu blinzeln und bleibt trotz meiner Aufforderung, sich zu setzen, in der Nähe der Tür stehen. Sie lehnt jegliches Beziehungsangebot ab. Nach etwa zehn Minuten setzt sie sich mir gegenüber in steifer Haltung in den Sessel ohne sich anzulehnen, die Beine wechselnd übereinanderschlagend und die Hände auf dem Oberschenkel abgelegt. Sie weicht meinem Blick demonstrativ aus, indem sie an mir vorbei schaut.

Denkweisen/Gefühlslage/soziale Interaktion

Sie hegt großes Misstrauen gegenüber dem Personal und tritt anderen mit Feindseligkeit entgegen. Sie schließt sich in ihrem Zimmer ein und gewährt dem Personal keinen Zutritt, weshalb ihr der Schlüssel abgenommen werden musste. Außerdem weigert sie sich, die Mahlzeiten gemeinsam mit den anderen Patienten einzunehmen.

Auf die Fragen, wie es ihr gehe und ob sie wisse, warum sie hier sei, antwortet sie in aggressivem Ton, dass sie unrechtmäßig eingewiesen worden sei und jegliche Aussage verweigere, bevor sie nicht mit ihrem Anwalt gesprochen habe.

Sie fühle sich entwürdigt, mit den Irren eingesperrt zu sein. Sie sei geistig voll auf der Höhe und habe sich nichts zu Schulden kommen lassen. Auf Beruhigungs- und Beschwichtigungsversuche geht die Patientin nicht ein. Auch auf Fragen zu ihrer Lebenssituation verweigert sie eine Antwort und erwidert stattdessen, dass mich das nichts angehe.

Vorläufige Diagnose/Krankheitsbild
Die Patientin ist nicht in der Lage, sich und ihre Situation realistisch einzuschätzen und zeigt keine Bereitschaft zur Selbstreflexion. Sie kann weder eine Beziehung zu sich selbst noch zu mir oder anderen aufbauen. Die biografische Anamnese, die auf Informationen der Mutter und der Tochter der Patientin basiert, lässt eine posttraumatische Belastungsstörung vermuten, die sich an folgenden Verhaltensstörungen mit schizophrener Symptomatik zeigt: Feindseligkeit, Aggressivität, mangelnde Einsichtsfähigkeit, Unkooperativität, körperliche Erregung, Nervosität und innere Unruhe.
Das Trauma auslösende Ereignis liegt wahrscheinlich etwa sechzehn Jahre zurück und hängt mit dem damaligen

Lebensgefährten und/oder der Zeugung der Tochter zusammen, eine Vergewaltigung ist in Betracht zu ziehen.

Weiterführende Maßnahmen/nächste Therapieschritte
- Tablettenentzug
- Beziehung zur Tochter thematisieren

Lotte

Mit meinem richtigen Namen war ich eigentlich ganz zufrieden, aber Mutter nannte mich Biggy, nach einem berühmten Model aus ihrer Jugendzeit Ende der Sechziger. Und weil sie es nicht geschafft hat, eine zweite Biggy zu werden, musste ich das stellvertretend verwirklichen. Meine Kindheit beschränkte sich deshalb auf meine ersten vier Lebensjahre, in denen mich Mutter noch linksliegen ließ. Die schönsten Erlebnisse waren die Tage ohne Mutter am Baerler See, wo ich Romeo als Eisfee assistieren durfte. Romeo stellte nicht nur unvergleichliche Sorten Eiscreme her, sondern war auch eine einzigartige Sorte Mann, wie Großmutter immer sagte. Im Jahr 1966 kehrte Romeo seiner Heimat, den Dolomiten, den Rücken, wanderte über die Alpen nach Deutschland und landete mit zwanzig Jahren am Beeckbach Nummer 22, in dem Haus neben meiner Großmutter, in dem ich ein Jahr später geboren wurde. Sie war seine erste und blieb seine treueste Kundin. Da Romeo sich noch kein Ladenlokal leisten konnte, verkaufte er seine hausgemachten Bällchen aus dem Küchenfenster. Es gab fünf Sorten: Vanille, Schokolade, Stracciatella, Erdbeer und Zitrone; mit dem Zitroneneis gewann er später sogar eine Goldmedaille. Sein Geheimnis, so verriet er mir, seien unbehandelte Zitronen aus der sonnigen Heimat. Meine Großmutter machte überall, wo sie hinkam, Werbung für Romeos Eis und da er einer der ersten Eismacher im Ruhrgebiet und Eiscreme eine seltene und schwer zu bekommende Gaumenfreude war, standen die Leute zu den Stoßzeiten bei gutem Wetter unter seinem Küchenfenster schlange, sodass Großmutter eines Tages einfach in seine Küche trat, sich eine Schürze umband, eine grüne Schiffchenmütze, wie Romeo sie trug, aufsetzte und neben ihm Kugel für Kugel zu je 30 Pfennig aus dem Fenster reichte. Nach vier Monaten hatte Romeo so viel Geld eingenommen, dass er sich ein Fahrrad und einen kleinen Anhänger, den er zu einem Eiswagen umbaute, kaufen konnte. Damit fuhr er in benachbarte Orte und am Wochenende zum Baerler See und ging schon bald als Eiscreme-Casanova in die Duisburger Analen ein. Denn seine Erscheinung war der sinnlichen Verführung seines Eises durchaus ebenbürtig, sodass sich zahlreiche junge Frauen sowohl nach seiner Eiscreme als auch nach ihm die Finger leckten, was ihm sichtlich Vergnügen bereitete und was er charmant auskostete. Seine schwarzen Haare, braunen Augen, vollen Lippen und weißen Zähne, dazu seine sportlich-schlanke Gestalt und dunkle Stimme, mit der er hinter seinem Verkaufswagen italienische Arien schmetterte, trugen das Übrige dazu bei, dass Väter Angst um die Widerstandskraft ihrer Töchter hatten und sie sie daher nicht selten zum Eisholen begleiteten, um dem ungezügelten Liebäugeln Einhalt zu gebieten. Dabei war Romeo alles andere als ein Schürzenjäger, er lebte bescheiden und arbeitete das erste Jahr so hart, dass er keine Reserven hatte, auszugehen und Frauen kennenzulernen. Zudem schränkte seine zweite Leidenschaft neben der für Eiscreme den Kreis der zu ihm passenden Frauen erheblich ein: die für Shakespeare. Denn er fühlte sich in seiner Neigung zu unmäßiger Sinnlichkeit gleichnamigem Helden aus dem bekannten Drama Shakespeares seelenverwandt, weshalb er im Alter von fünfzehn Jahren unwiderruflich beschlossen hatte, dass er niemals eine Frau heiraten werde, die nicht Julia heißt, auch wenn er das tragische Ende dieser Liebe für sein Leben nicht eins zu eins übernehmen wollte. Die erste potenzielle Julia stand im Dezember 1966 vor der Tür seiner Nachbarin: Julia Schröder, meine Mutter. Bis Romeo sich seinen Traum einer eigenen Eisdiele erfüllen und auf die Seetouren verzichten konnte, vergingen noch einige Jahre, in denen er mich an den Wochenenden zum Baerler See mitnahm. Er hatte eine Vorrichtung für seinen Eiswagenanhänger gebaut, auf dem ich wie eine Königin thronte, während er sich auf dem Rad abstrampelte. Und wenn jemand fragte, wer das süße Kind an seiner Seite sei, zwinkerte er mir zu und sagte stolz, dass ich sein Sahnestück sei. An manchen Tagen war es so heiß, dass wir den Wagen von Baumschatten zu Baum-schatten geschoben haben und als wir den See Stunden später fast umrundet hatten und nachmittags an der Stelle, die ganz flach in den See führte, angekommen waren, durfte ich alleine im Wasser plantschen, musste aber ununterbrochen singen, damit Romeo wusste, dass mit mir alles in Ordnung war, weil er mich nicht die ganze Zeit beobachten konnte, während er die Kunden bediente. Ich habe sämtliche Opernarien nachgesungen, die er inbrünstig auf den Fahrten zum See schmetterte. Obwohl wahrscheinlich niemand außer ihm erkannt hat, dass ich die bekann-testen italienischen Arien zum Besten gab, versammelte sich meistens eine kleine Fangemeinde um mich und wenn Romeo hörte, dass ich nicht mehr weiterwusste, stimmte er in die Arie mit ein und wir sangen im Duett. Da die meisten sich währenddessen oder danach ein Eis gönnten, leistete ich so meinen Beitrag zu seinen Einnahmen.

Diesen paradiesischen Kindheitserlebnissen setzte Mutter ein jähes Ende und stieß mich mit fünf Jahren in eine eisfreie Hölle. Es gingen elf Knochenjahre ins Land, in denen ich zum Frühstück eine Scheibe

Knäckebrot mit fettreduziertem Quark, garniert mit Tomaten- und Gurkenscheiben und eine Tasse Basentee zur Gewährleistung eines ausgewogenen Säure-Basen-Haushaltes bekam.

Wenn meine Mitschüler in den Pausen erwartungsvoll die Brotdosen öffneten, verbreitete sich der verbotene Geruch von Bifiwürsten, Hackfleischbällchen, mit Butter und Leberwurst oder Nutella bestrichenen Weißbrotscheiben, Milchbrötchen mit Schmelzkäse und Schokokussbrötchen. Das Wertvollste waren allerdings die kleinen Liebesbeweise der Mütter in Form von Süßigkeiten oder Selbstgebackenem. Um das elterliche Gewissen zu beruhigen, enthielten einige Dosen noch Kirschtomaten oder geschälte Apfelstücke, die meist unbeachtet in der Dose liegen blieben. Meiner Brotdose entströmte nichts außer der miefende Wunsch der Mutter, ihre gerade einmal achtjährige Tochter auf Modelmaße zu trimmen, der sich in geruchsneutraler Rohkost manifestierte. Die anderen zeigten sich gegenseitig ihre Schatzkisten und begannen die Leckereien zu tauschen, was bei mir darauf hinauslief, dass ich für Möhre, Paprika und Tomate ähnlich wenig Begehrtes wie Gurke, Apfel und Kohlrabi bekam. Dieser Handel frustrierte mich derart, dass ich es vorzog, den traurigen Inhalt meiner Dose auf dem Weg zur Schule an die Pferde zu verfüttern und lieber mit leeren Händen dem Tauschhandel in den Pausen zuzusehen, als daran gedemütigt teilzunehmen.

Allein meine Box aus dem Schulranzen zu nehmen, war eine Zumutung, denn statt einer grünen, blauen oder roten Dose mit dem Aufdruck der Comichelden unserer Kindheit prangten auf meiner Dose schwarze weibliche Beine in lasziver Haltung auf rosa Grund. Auf die verdutzten Blicke meiner Mitschüler antwortete ich mit einem unschuldig-unwissenden Schulterzucken und verwies auf einen Spleen meiner Mutter. Niemals durften sie erfahren, dass die Dose ursprünglich ein Epiliergerät enthielt, das Mutter als Dankeschön für ihr Abonnement der *Vogue* erhalten hatte.

Die Marke, der ich meine übrige schulische Ausstattung zu verdanken hatte, *TOPModel by Depesche*, hatte scheinbar keine Pausenbrotdose im Repertoire - wofür auch: Topmodels essen in den Pausen nichts -, dafür enthielt meine mit glänzenden Sternen aus Streich-pailletten bestickte lilafarbene Schultasche einen *TOPModel* Radierer in Lippenstiftform und *TOPModel* Bleistifte mit Plüschbommel, die ich vergeblich versuchte als Tauschobjekte gegen eine der Leckereien meiner Mitschüler einzusetzen.

Aus Mitleid überließen sie mir ihre Brotreste, die mir eine Ahnung davon gaben, wie Mutterliebe schmecken könnte. In der dritten Klasse schaffte ich es, meine Großmutter dazu anzustiften, mir hinter dem Rücken Mutters ein monatliches Taschengeld von zehn Mark zu geben, die ich zu einhundert Prozent in Süßigkeiten investierte und so endlich an dem Süßwarenbasar teilnehmen konnte.

* * *

Das Beste an der Grundschule waren die Fußballspiele zwischen den Unterrichtsstunden. Noch bevor der Pausengong ausgeklungen war, stürmte ich mit dem Ball auf den schuleigenen Rasenplatz, um möglichst keine Sekunde der wertvollen zwanzig Minuten Spielzeit zu verschenken. Während die anderen eintrudelten und die Mannschaften wählten, versuchte ich meinen Rekord im Ballhochhalten zu brechen. Allerdings war ich mittlerweile so gut darin, dass die Zeit bis zum Anpfiff zu kurz war, um die 587 Fußberührungen zu erreichen. Herr Angenvort, unser Sportlehrer, hatte mein Talent erkannt und mir empfohlen, mich in einem Fußballverein anzumelden. Ich schaute ihn traurig an und beichtete ihm, dass meine Mutter das niemals erlauben würde, da sie aus mir ein Model machen wolle. Er schien die Antwort nicht einordnen zu können und ließ es zunächst dabei bewenden, bot mir aber an, unverbindlich zum Training der D-Jugend-Mannschaft des FC Grün-Weiß Millingen zu kommen, das er leite. Auf dem Weg nach Hause überlegte ich mir, welche Lüge ich Mutter dafür auftischen konnte, dass ich am nächsten Tag länger in der Schule bleiben müsse. Beim mittäglichen Puten-brustsalat gab sie selbst die Vorlage für einen überzeugenden Schwindel: »Weißt Du, wo der Eltern-brief mit der Einladung zum Tag der offenen Tür an deiner Schule geblieben ist? Ist der Termin nicht bald? Wenn ich mich recht erinnere, schrieb Frau Barthelmi darin, dass Beiträge zum Büfett willkommen seien.«

»Ach ja, gut das du fragst, der ist übermorgen. Ich hätte fast vergessen, dir zu sagen, dass ich deswegen morgen etwas länger in der Schule bleibe und beim Aufbau helfe und ein paar Schilder bastele.«

»Ach herrje, übermorgen schon? Dann gehe ich am besten gleich noch schnell auf den Markt und kaufe frisches Gemüse und die Zutaten für ein paar Dipps. Welche magst du am liebsten?« Um den blamierenden Anblick von Gemüsedipps zwischen duftenden Kuchen zu verhindern, warf ich ein: »Nein, nein, du musst für das Büfett nichts zubereiten, es haben sich so viele Eltern gemeldet, die Kuchen backen, dass wir gar nicht wissen, wohin.

»Wie, es gibt nur Kuchen, aber dann ist ein gesunder Beitrag doch umso wichtiger.«

Das war also ein Eigentor. Jetzt half nur noch schmei-cheln: »Da hast du recht, aber die Eltern kommen ja nicht, um etwas Gesundes zu essen, sondern um zwischendurch eine kleine Pause mit Kaffee und Kuchen zu machen. Und außerdem können ja nicht alle so schlank sein wie du.«

Meine Bemerkung erreichte die gewünschte Wirkung und ich schnaufte innerlich durch, als sie mit den Worten: »Wenn du meinst«, von ihrem Vorhaben abließ.

Ich hatte somit einen Freibrief für den morgigen Nachmittag und Herr Angenvort staunte nicht schlecht, als er mit einem Netz voller Bälle den Platz betrat und mich am Spielfeldrand stehen sah. Er winkte mich zu sich und sagte erfreut: »Da hast du ja nicht lange überlegen müssen, ob du mein Angebot annimmst. Na, dann komm, ich stelle dich kurz den anderen vor.« Er machte keine großen Worte, er freue sich, dass ich zum Probetraining gekommen sei, stellte mich als Lotte vor und wollte gerade das Startsignal zum Aufwärmen geben, als er einen unzufriedenen Blick auf meine Ausstattung warf: Leggins und leichte sporthallen-taugliche Schuhe mit glatter Sohle, die Mutter mir unwillig für den Schulsport gekauft hatte, obwohl sie der Meinung war, dass Gymnastikschläppchen reichen müssten.

»Mit den Schuhen kannst du nicht Fußball spielen, damit kommst du mit Glück mit blauen Flecken davon, wahrscheinlich wirst du aber mit ordentlichen Prellungen und gebrochenen Zehen vom Platz humpeln.« Tränen vor Enttäuschung und Wut auf

Mutter traten mir in die Augen und ich konnte Herrn Angenvort auch nicht mit dem Versprechen überzeugen, dass ich besonders aufpasse. Frustriert schlenderte ich mit hängendem Kopf vom Platz. Da rief mir plötzlich jemand hinterher: »Kannst die von meinem Bruder haben, falls sie dir passen!« Meinte er mich? Ich drehte mich um und sah, wie ein Junge mit der Nummer fünf und dem Namen Chris auf dem Trikot Fußballschuhe aus seiner Tasche kramte und sie mir hinhielt. Freudestrahlend lief ich auf ihn zu und nahm sie überschwänglich dankend entgegen. Er sagte: »Ist schon gut, das sind eh bloß meine Ersatzschuhe, die ich anziehe, wenn der Platz voller Matsch ist. Die habe ich von meinem Bruder geerbt, als sie ihm zu klein geworden sind. Probier mal, ob sie dir passen.« Das stand für mich außer Frage, denn mir waren gequetschte Zehen oder schlechter Halt tausendmal lieber, als auf das Spielen zu verzichten, weshalb ich, noch bevor ich die Schuhe richtig anhatte, euphorisch ausrief: »Wie angegossen. Vielen Dank!« Als ich aufschaute, war er schon wieder zwischen den anderen verschwunden, ich rannte hinterher und reihte mich in die Mannschaft ein. Während des Trainings schweißten uns Jubel, Abklatschen, Huckepacknehmen und gemeinsames Auf-dem-Boden-Wälzen derart zusammen, dass sowohl mein unpassendes Outfit als auch meine Ausnahmeerscheinung als eines von zwei Mädchen in der Jungenmannschaft keine verächtlichen Blicke oder Gekicher mehr provozierten. Das andere Mädchen, Martina, kannte ich aus der Parallelklasse, es hatte einen Igelschnitt, war halb so groß, aber dreimal so breit wie ich, spielte ausschließlich in der Abwehr und mähte jeden nieder, der versuchte, an ihr vorbeizukommen. Daher nannten die anderen sie Walze. Ich hielt den Namen Walze für gemein, weshalb ich sie Martina nannte. Nach meinem zweiten Zuruf: »Martina, hier!« und »Martina, pass auf, links!«, kam sie bedrohlich auf mich zugestampft, drückte ihre Stirn gegen meine wie ein Stier und schnaubte: Wenn du mich noch ein Mal Martina nennst, walz ich dich um, Böhnchen.« »Ich wollte nur nett sein«, beruhigte ich sie. »Seit wann geht es beim Fußball um nett sein? Wenn du nettes Kuscheln suchst, dann geh zu den Baghwan-Spinnern da hinten.« Walze deutete auf das Waldgebiet in der Nähe des Fußballvereins, wo vor drei Jahren Anhänger irgendeines indischen Gurus einen Ashram gegründet haben, um den die meisten Duisburger einen großen Bogen machten, da sie gegen deren spirituelle Lebensweise, wozu auch gehörte, dass sie nackt herumliefen, Bedenken hatten.

Ich verstand, dass der Name Walze ein Kompliment für sie war und ich durfte einige Male erfahren, wie es sich anfühlt, von ihr umgewalzt zu werden.

Als Mutter die blauen Flecken und Schürfwunden an

meinen Beinen sah, stellte sie mich zur Rede und es gelang mir, sie mit Legenden von Fahrradstürzen, Unachtsamkeiten oder Vorfällen im Sportunterricht ruhigzustellen, bis Herr Angenvort auf die Idee kam, Mutter zu einem Gespräch in die Schule zu bitten. Voller Begeisterung erzählte er ihr von meinen Stürmerqualitäten auf dem Fußballplatz und dass ich in den letzten Wochen eine wichtige Stütze der Mannschaft geworden sei, weshalb er Mutter bat, mich im FC Millingen anzumelden, um an den Mannschafts-spielen teilnehmen zu können. Außerdem bräuchte ich eigene Fußballschuhe, da die geliehenen so langsam aus dem Leim gingen, Schienbeinschoner und ein Vereinstrikot.

Ich spürte, wie sich kalter Schweiß in meinen Händen sammelte und meine Ohren kurz davor waren, in Flammen aufzugehen, fixierte reglos den Kaktus, der hinter meinem Sportlehrer auf der Fensterbank stand und traute mich nicht Mutter anzuschauen, die wortlos ihren Kopf um fünfundvierzig Grad nach rechts drehte und mich von der Seite anstarrte. Ich fühlte, wie ihr Blick sich in meinen Kopf bohrte, hörte, wie ihr Atem begann vor Wut zu schnauben und wusste, dass sie drohte zu hyperventilieren. Ich bewegte die Augen einen Millimeter von dem Kaktus weg hin zu Herrn Angenvort und schloss aus seinen aufgerissen Augen und seiner heruntergelassenen Kinnlade, dass er Mutter so wahrnahm, wie ich sie neben mir spürte. Als er verunsichert und besorgt fragte, ob alles in Ordnung sei, stand Mutter auf, ging zur Tür, brüllte meinen Namen, was für fünf Wochen das letzte an mich gerichtete Wort war, und eilte mich am Ärmel hinter sich herziehend aus der Schule. Herr Angenvort fand seine Sprache erst wieder, als Mutter mich ins Auto stieß. Ich hörte noch, wie er aus dem Fenster hinunter zum Parkplatz rief, dass sie mich nicht einfach mitnehmen dürfe, da ich noch vier Stunden Unterricht hätte. Sie würdigte ihn keines Blickes und schon gar keines Wortes, raste los und sperrte mich bis zum nächsten Morgen ohne Mittag- und Abendessen in mein Zimmer. Als ich hungrig und ängstlich die Küche betrat, lag ein Zettel mit folgender Nachricht auf dem Tisch: »Wage dich nicht noch einmal in die Nähe eines Fußballplatzes! Gehe mir aus den Augen und sprich mich nicht an. Die einzige Möglichkeit, dein Vergehen wieder gutzumachen, ist ein Platz auf dem Treppchen in Köln.«

* * *

Dem Casting in Köln wäre ich auch ohne den Fußballskandal nicht entkommen, allerdings hätte ich alles dafür getan, nicht zu den Auserwählten zu gehören. Da mir ansonsten die Fashion Week in Paris drohte, auf der ich die Mini-Versionen der Luxuskleider bekannter Modedesigner auf dem Laufsteg präsentieren müsste. Das sollte der erste Preis sein, für mich wäre das die Höchststrafe und durfte auf gar keinen Fall passieren. Denn womöglich käme ich dann auch noch ins Fernsehen und würde von meinen Lehrern oder Mitschülern erkannt, was mir so peinlich wäre, dass ich die Schule nicht mehr betreten könnte. Mein Vorbild war der gerade zum Fußballer des Jahres gewählte Jürgen Klinsmann und nicht eine stöckelnde Bohnenstange im Prinzessinenkostüm. Ich wollte brüllen, jubeln, mich auf dem Platz wälzen, auf den Rasen spucken und nach dem Spiel mit den anderen unsere Kampfschrammen bewundern, deren Anzahl offenbarte, wer den größten Einsatz auf dem Platz gezeigt hatte: Je mehr Blessuren, desto stolzer ging man aus der Kabine.

Aber nun musste ich mich entscheiden, ob ich die nächsten Jahre in mein Zimmer eingesperrt werden, keinen Fußballplatz betreten und die schweigende Verachtung der Mutter ertragen wollte. Oder ob ich zumindest vorübergehend vortäuschen sollte, eine Modelkarriere anzustreben, bis sich die Wogen geglättet hätten und ich einen neuen heimlichen Vorstoß aufs Spielfeld wagen könnte.

Ich entschied mich für die Täuschung und besiegelte damit mein Schicksal. Das Casting wurde ein voller

Erfolg für Mutter und ein großes Dilemma für mich: Mein Plan, nach dem Casting unmerklich aus dem Traum der Mutter zu verschwinden und eine Hintertür zum Fußball zu finden, wurde einen Tag nach meinem Sieg in Köln von den Medien vereitelt. In sämtlichen Zeitungen prangte ein Bild von mir im Cocktailkleid mit meinem Namen darunter. Leider auch auf der Titelseite jenes bunten Blattes, das den Duisburgern wie eine Erkennungsmarke unter den Achseln klemmte, wenn sie morgens vom Bäcker kamen und in der einen Hand die Brötchentüte, in der anderen die Zigarette hielten. Über dem Foto titelte die Schlagzeile: *Die Auferstehung Biggys. Von der Bulettenmeile auf den Laufsteg.*

Der Ehrgeiz und die Euphorie der Mutter nahmen pathologische Ausmaße an, gegen die ich nicht ankam. Sie zwang mich nach einer kalten Dusche vor dem Frühstück zu Beckenbodengymnastik und Gesichtsmuskeltraining und vor dem Zubettgehen knetete sie in meine Oberschenkel, meinen Po und die Rückseite meiner Oberarme, die von ihr gefürchteten und gehassten Schwachstellen der Frau - die ich noch lange nicht war -, eine durchblutungsfördernde Penis-Steifungscreme ein und bearbeitete sie anschließend mit einer Cellulite-Massage-Rolle, um der Kraterlandschaft auf der Haut so früh wie möglich jeglichen Nährboden zu entziehen. Als mich meine Sitznachbarin in der Schule darauf aufmerksam machte, dass sie in meiner Gegenwart ständig Lust auf Plätzchen habe, weil ich irgendwie nach Weihnachten rieche und fragte, woher der Duft komme, verschluckte ich im letzten Moment die zweite Silbe des Pe...-Wortes, weil mir schlagartig bewusst wurde, wie abartig Mutter war. Ich stotterte noch einige Male die Silbe »Pe«, als suchte ich nach dem Namen der Creme und konnte noch halbwegs glaubhaft mit rotem Kopf antworten, dass es irgendeine Körperlotion mit Zimtduft sei. Gabi meinte, dass ich einmal nachschauen solle, wie die Creme heiße, denn sie würde sie gerne ihrer Mutter zu Weihnachten schenken. Auf dem Weg nach Hause ging ich in einen Drogeriemarkt, durchsuchte die Regale vergeblich nach einer Creme mit Zimtduft, schlenderte auffällig unauffällig einige Male an dem Regal mit den Intimartikeln entlang und schielte zu den Produkten: Neben einer ganzen Palette an Kondomen in unterschiedlichen Geschmacksrichtungen gab es ein Gleitgel von *Flutschi*. Ich war mir nicht ganz sicher, wofür man das brauchte, aber die Tube sah genauso aus wie eine Haargeltube. Allerdings stand auf der Rückseite, dass es einen erregenden Ambra-Duft enthalte. Roch Ambra nach Zimt? Ich überlegte, ob man mit *Flutschi* nicht zwei Fliegen mit einer Klappen schlagen und es auch für die Haare nutzen konnte. Plötzlich stand eine Verkäuferin neben mir und riss mich aus meinen Gedanken: »Junge Dame, kann ich dir helfen? Ich glaube nicht, dass du damit etwas anfangen kannst. Was suchst du denn?« Ich stellte *Flutschi* verlegen zurück ins Regal und sagte: »Haargel.« Sie führte mich in den entsprechenden Gang und setze sich wieder hinter die Kasse. Es war mir peinlich, mit leeren Händen aus dem Laden zu gehen, als ob bei den unzähligen Gelsorten keine für mich dabei gewesen wäre. Aber mein wertvolles Taschengeld für eine Tube Gel auszugeben, die ich in den nächsten Jahren nicht brauchen werde, da ich meinen Pferdeschwanz nicht gelen musste und nicht vorhatte ihn abzuschneiden, nein, dafür war die Scham nicht groß genug. Also ging ich zügig mit gesenktem Blick an der Kassiererin vorbei und legte draußen einen kleinen Spurt hin, der die Anspannung vertrieb. Immerhin hatte ich die Penis-Versteifungscreme, mit der mich Mutter täglich beschichtete, nicht entdeckt, sonst wäre Gabi womöglich noch auf den Riecher gekommen bei der Suche nach einer Zimtcreme für ihre Mutter.

* * *

Bis zu dem Tag, als ich Gabi gegenüber in Erklärungsnöte gekommen war, hatte ich mir über die Paste keine Gedanken gemacht, da Mutter neben ihrer Arbeit als Schneiderin als Vertreterin für *Beate Uhse*-Artikel unterwegs war und ich daher von klein auf Gummiringe auf Dildos schob statt Legosteine zusammenzustecken und nicht auf einem imaginären Einhorn ritt, sondern mit Latexmaske und Silikonpeitsche durch die Wohnung jagte. Der Koffer mit Sexspielzeug war für mich eine Schatztruhe absonderlicher Entdeckungen, die ich leider geheim halten und nicht mit meinen Freunden teilen konnte, was mir Mutter unmiss-verständlich mit drohendem Zeigefinger zu verstehen gab. Nach der ersten Stunde Sexualkundeunterricht in Biologie in der fünften Klasse bekam ich eine Ahnung davon, warum mein Spielzeug der Geheimhaltung unterlag, da ich vage Verbindungen ziehen konnte zwischen den Bildern in unserem Schulbuch und den Erklärungen unserer Lehrerin und dem Inhalt des Koffers. Als in der zweiten Stunde das Kinderkriegen thematisiert wurde, bekam ich einen innerlichen Panikanfall, da ich in den Abbildungen des männlichen Geschlechtsteils die Dildos wiedererkannte, mit denen ich beinahe täglich in Berührung kam. Wofür sollten die sonst gut sein, als diese kleinen Kaulquappen abzu-sondern, damit sie sich in der Spielgefährtin einnisten konnten, so wie es auf den Arbeitsblättern zu sehen war. Ich konnte die ganze Nacht nicht schlafen, tastete immer wieder meinen Bauch ab, ob der sich nicht bereits verdächtig wölbte und wollte Mutter am nächsten Tag zur Rede stellen. Würde sie mich damit spielen lassen, wenn es so gefährlich wäre? Glücklicherweise lösten sich meine Sorgen in der nächsten Biologiestunde in peinlichem Stolz auf, als Frau Stövken Penismodelle und Kondome verteilte, um uns schon einmal mit einer möglichen Verhütungsmethode vertraut zu machen, denn in den nächsten Jahren sei es für uns wichtiger zu wissen, wie man eine Schwangerschaft verhindere als wie man sie herbeiführe. Während Frau Stövken wie eine Stewardess den Plastikpenis vor sich hielt und demonstrierte, wie man das Kondom darüberzustreifen habe, war ich in meinem Element, hatte bereits zwei Kondome über ein Exemplar gezogen und suchte vergeblich nach dem Schalter, mit dem unsere Dildos zu Hause ausgestattet waren. Denn ohne die lustigen Kreisbewegungen oder das Vibrieren waren die Dinger furchtbar langweilig. Als ich aufzeigte, um nach dem An-Aus-Knopf zu fragen, bemerkte ich erst, dass die anderen mit hochrotem Kopf das Plastikglied vor sich auf dem Tisch unangetastet anstarrten, vor Scham kicherten und wie gelähmt davor saßen.

Sie waren so befangen, dass sie mein fingerfertiges Vorpreschen nicht bemerkt hatten, sodass ich meine Meldung schnell zurückzog, unter der Bank unauffällig den Phallus wieder von den Kondomen befreite, diese wieder in die Verpackung steckte, beides vor mich auf den Tisch legte und versuchte, ebenso überfordert vor mich hinzustarren wie meine Mitschüler. Frau Stövken hatte meine Expertise aber mitbekommen und meine Meldung registriert: »Lotte, du hast eine Frage?«

»Ich wollte fragen, wo der An-Aus-Schalter an diesen Dildos ist.«

Frau Stövken brauchte einige Sekunden, bis ihr die Brisanz dieser Frage bewusst wurde, errötete dann schlagartig, dachte womöglich an ihr eigenes Gerät zu Hause, hoffte, dass die anderen Schüler die Frage nicht gehört oder begriffen hatten und antwortete herunterspielend und möglichst leise nur an mich gerichtet: »Diese Modelle haben keine Schalter« und schob hektisch und mit lauterer Stimme hinterher: »Und jetzt sei so lieb und schau dich an den Tischen um, wer Hilfe gebrauchen könnte.«

Ich war mit der Antwort nicht zufrieden, aber bevor ich nachhaken konnte, guckte Frau Stövken mich durchdringend an und forderte mich mit einer zur Eile gemahnenden Handbewegung auf, durch die Klasse zu gehen und den Befangenen bei der Verhütung zu helfen.

Während sich die Stimmung unter den Schülern lockerte, zuckte Frau Stövken alle paar Minuten zusammen, wenn sie das Wort »Dildo« an den Tischen vernahm, das die Schüler wie selbstverständlich in ihren Wortschatz aufgenommen hatten. Sie sah vor ihrem inneren Auge, wie die Kinder ihren Eltern beim Abendessen begeistert von den Dildos in ihrem

Unterricht erzählen würden und legte sich schon einmal Erklärungen zurecht, mit denen sie die Empörten bei den auf sie einstürzenden Elterngesprächen beruhigen konnte. Am Ende der Stunde bat mich Frau Stövken zu sich und wollte wissen, woher ich den Ausdruck habe und warum ich mich mit dem so Bezeichneten so gut auskenne.

Ich erzählte ihr ungeniert, dass Mutter beruflich damit zu tun habe und ich mit den Dingen in ihrem Arbeitskoffer spielen dürfe, unter denen sich eben auch solche aus dem heutigen Unterricht befänden und auf deren Verpackung »Dildo« stehe.

Frau Stövken witterte Kindesmisshandlung und versuchte sich an den Ablaufplan bei einem solchen Verdacht zu erinnern, welchen die Kollegen des sozialpsychologischen Dienstes auf der letzten Lehrerkonferenz anschaulich per PowerPoint-Präsentation vorgestellt hatten, um sich über den nächsten Schritt klarzuwerden, den sie zweifellos unverzüglich einleiten musste. Dabei kam ihr eine der fünf wichtigsten Regeln in den Sinn, die laut Beratungsteam unbedingt eingehalten werden sollte: »Sprechen Sie mit den Schülerinnen und Schülern nicht über Details des Hergangs!« Deshalb blieb sie möglichst sachlich und sagte beschwichtigend: »Also gut, aber ich bitte dich diesen Namen für unsere im Unterricht verwendeten Modelle des männlichen Geschlechtsteiles nicht zu verwenden, da er unangemessen und nicht richtig ist! Verstanden?«

Ich fühlte mich zu Unrecht abgekanzelt, da ich mir keiner Schuld bewusst war und erwiderte gekränkt mit den Worten: »In Ordnung! Aber was ist so schlimm an dem Wort?« »Lotte, am besten, du vergisst ihn einfach. Geh jetzt in die Pause.«

Eine Woche später hatte ich einen Termin bei Frau Recki, unserer Sozialpädagogin, während die anderen Sportunterricht hatten, was mich wütend machte, denn Sport war mein Lieblingsfach und der Höhepunkt der Woche. Meine schlechte Laune verflog aber sofort, als Frau Recki auf mein Klopfen hin die Tür öffnete, herzlich ihren Arm um mich legte und mich in ihr Sprechzimmer führte. Ich tauchte ein in eine wohltuende Welt mit lustigen Tierbildern an den Wänden, einem bunten, flauschigen Teppich und einem weichen, blauen Ledersofa. Ich zog meine Schuhe aus und ein Paar der dicken, selbst gestrickten Wollsocken, die in einem Korb neben der Tür lagen, an und machte es mir auf dem Sofa bequem. Vor dem Fenster stand ein uralter Schreibtisch aus edlem Holz mit blumigen Verzierungen, in der Ecke neben dem Schreibtisch schlängelte sich eine Philodendron bis zur Decke hoch und auf der Fensterbank und dem kleinen Tisch vor dem Sofa verbreiteten bunte, duftende Blumensträuße eine freundliche Atmosphäre. Endgültig entschädigten mich aber die kleinen Naschereien, die mir Frau Recki anbot, bei denen ich im Laufe unseres Gespräches immer beherzter zugriff; nicht nur wegen meines ständigen Appetits auf Süßes, sondern auch, weil sie meine Nerven, die Frau Recki ziemlich strapazierte, beruhigten.

Ich verlor zunehmend meine Scheu und vertraute mich ihr mehr und mehr an, was sie sehr mitzunehmen schien, denn zuweilen bekam sie rote Flecken am Hals und Schweißperlen bedeckten ihre Stirn. Ich erzählte ihr vom Fußball-, Hamburger-, Pommes- und Süßigkeitenverbot, von Knäckebrot, Salat, Basentee, den Beckenbodenübungen am Morgen und der Knetbehandlung mit der Penis-Steifungscreme am Abend. Als ich ihr schilderte, dass Mutter mir die Schuld an der Zerstörungen ihres Traumes einer Modelkarriere gebe, da ihr Körper während der Schwangerschaft durch Wasserablagerungen, Dehnungsstreifen in der Haut und einen Hängebusen verunstaltet worden sei, was sie mir regelmäßig vorwurfsvoll präsentiere und ich deshalb als Schadenersatz an ihrer Stelle Modell werden müsse, zog Frau Recki ein Taschentuch aus dem Spender und schnäuzte sich. Ihre Tränen verunsicherten mich und mir kamen Bedenken, ob mit mir etwas nicht in Ordnung sei, weil meine Augen trocken blieben und ich keinen Drang verspürte, mich schluchzend an Frau Reckis Brust zu werfen. Ich versuchte vergeblich, meine Tränendrüsen zu aktivieren und dabei fiel mir ein, dass ich Mutter noch nie habe richtig weinen sehen, außer ein paar Glückstränen vor Stolz. Sie liefen ihr über die Wangen, als ich letztes Jahr für eine chinesische Designerin auf der New Yorker Fashionweek deren Partnerlook-Kreationen, gleiche Outfits für Eltern und Kind, zur Schau stellen musste. Statt eines in die Rolle der Mutter schlüpfendes Model durfte sie sich auf den Pressefotos in einem hautengen Kostüm neben mir ablichten lassen, das den verlorenen Kampf gegen ihre Schwachstellen enthüllte. Mir wurde übel bei dem Gedanken, dass Gefühlskälte vererbbar ist, denn ich wollte auf keinen Fall so werden wie Mutter. Mein Unwohlsein schien sich in meinem Gesicht widerzu-spiegeln, denn Frau Recki sagte, dass ich ziemlich blass geworden sei und nahm mich in den Arm, um mich zu trösten. Ich tat ihr den Gefallen und schlang nach anfänglichem Fremdeln meine Arme um sie und verlor mich, je länger sie mich hielt, mehr und mehr zwischen ihren verschwenderischen Brüsten und geriet in einen pränatalen Zustand der Geborgenheit und Sicherheit. Der Schulgong riss mich aus der Schutzzone heraus und ich spürte eine heilsame Träne über meine Wange laufen. Ich strahlte Frau Recki überglücklich an und sagte erleichtert: »Ich bin nicht wie Mutter!«

Nach einem Glas Wasser und Schokolade hatten wir unsere Fassung und die alte Sitzposition wiederge-funden und Frau Recki fragte, ob ich noch genug Kraft hätte, um über den Vorfall während der letzten Biologiestunde zu sprechen. Ich hätte ihr zwar lieber von schwerwiegenderen Vorfällen zwischen Mutter und mir erzählt, die mir erneut Einlass in die Schutzzone zwischen ihren Brüsten gewährt hätten, aber tat ihr den Gefallen und schilderte ihr die Biologiestunde und was ich Frau Stövken danach erzählt hatte.

Frau Recki wollte genauer wissen, was sich alles in meinem Spielzeugkoffer befinde und wie sie sich das Spielen mit diesen Gegenständen vorzustellen habe. Ihre Gesichtsfarbe änderte sich im Verlauf meiner Erläuterungen und diente mir als Indiz dafür, wie stark meine Kindheit gefährdet war: Klangkugeln durch mein Zimmer zu rollen zeigten sich als ein ungefährliches Zartrosa; dass ich mir über jeden Finger Kondome in unterschiedlichen Geschmacksrichtungen stülpte und daran als Lolliersatz, denn die habe Mutter mir verboten, herumnuckelte, wobei mein Lieblingsgeschmack Marshmallow sei, führten zu einem kirschroten Teint und schien also gefährlicher zu sein. Das Leichenblass bei der Schilderung meines Rittes durch die Wohnung mit Reitpeitsche und in schwarzer LatexKluft signalisierte mir, dass ich vielleicht doch ein Fall für den Kinderpsychiater war. Nach einer Stunde lagen die Nerven von Frau Recki blank und sie verabschiedete mich mit dem Hinweis, dass sie Mutter zu einem Gespräch in die Schule bitten werde und dass ihre Tür immer für mich aufstehe.

Mutter verfolgte, von der Unterredung mit Frau Recki scheinbar ungerührt, ihr Ziel mit noch mehr Härte, obwohl sie ihr mit dem Jugendamt gedroht habe, wie sie mir spöttisch berichtete. Das Jugendamt tauchte nicht auf und drei weitere Jahre durchlitt ich das von Mutter für mich vorbestimmte Leben. Ich musste mich regelmäßig auf Fotoshootings darbieten und fühlte mich dabei wie auf einer Schlachtbank: Mein Körper wurde zu Werbezwecken instrumentalisiert und insze-niert, sodass ich meine Gliedmaßen und mein durch ein gezwungenes Lachen verzerrtes, künstliches Gesicht wie tote, nicht zu mir gehörende Körperteile empfand und mich wie ein Arbeitsgerät der Mutter fühlte. Ich lief auf Kindermodenschauen in Hamburg, München und Berlin über die Laufstege und präsentierte Kreationen bekannter Modedesigner. Meine Fußballleidenschaft musste ich auf die Unterrichtspausen während der Schule einschränken.

* * *

Mein Aufstieg begann im Jahre 1981 mit einem Absturz vom Schwebebalken am Ende der achten Klasse. Im Sportunterricht stand Turnen auf dem Programm, nicht gerade meine Stärke, aber auf dem Schwebebalken hielt ich mich vergleichsweise gut, da ich durch das

Stöckeln über Laufstege Übung im Gleichgewichthalten hatte. In der letzten Turnstunde sollten wir unsere einstudierte Kür vorturnen, die bei mir bis zu meinem finalen Salto wie am Schnürchen lief. Doch dann rutsche ich beim Schwungholen von der Kante ab und hörte bei der Landung auf der Matte ein Knacken, spürte einen stechenden Schmerz und blickte auf meinen abgeknickten Fuß. Dreißig Minuten später bekam ich im Krankenhaus einen glatten Mittelfußbruch und einen Bänderriss attestiert. Als Mutter eintraf, wurde mein Schmerz von einem mir bisher unbekannten Gefühl von Schadenfreude verdrängt, die mein Körper mir bereitete, indem er sich an Mutter für deren jahrelange Schändung rächte. Denn mit diesen Verletzungen durchkreuzte er ihre Pläne für die nächsten Modenschauen und verhinderte, dass sie mich weiter über Laufstege jagen konnte. Zu diesem Zeitpunkt ahnte ich noch nicht, dass der gebrochene Fuß auch ein Bruch mit meinem bisherigen Leben bedeutete. Während ich eingegipst wurde, stürmte Mutter außer sich ins Krankenzimmer und befahl dem Arzthelfer, sofort den Gips wieder zu entfernen, da sie ansonsten eine Anklage auf Schadenersatz erhebe. Wutschnaubend schrie sie ihn an: »Wissen Sie eigentlich, wessen Bein Sie hier gerade eingipsen? Nein? Lesen Sie keine Zeitung, schauen Sie kein Fernsehen? Schon einmal etwas von der *Auferstehung Biggys* gehört? Biggy, also

Lotte, läuft nächste Woche als erstes Kindermodel der Welt auf John Gallianos Show für Dior, und das auf der großen Treppe des Pariser Opernhauses. Können Sie mir sagen, wie das mit Gipsbein gehen soll? Seit zwei Monaten fahren wir dafür dreimal pro Woche nach Bochum, da die Operntreppe dort die gleichen Stufenmaße hat wie die in Paris, um das Gehen auf der Treppe in engem Kleid und mit hohen Schuhen zu trainieren. Das muss in Fleisch und Blut übergehen. Sie glauben wohl, das Modeln sei ein spaßbringender Zeitvertreib, da irren Sie sich gewaltig, das ist harte Knochenarbeit.« Mutter hatte während ihrer Tirade nicht ein Mal Luft geholt und ihr Kopf sah bedrohlich krebsrot aus. Sie hielt ihren anklagenden Erregungszustand aufrecht und brachte mir statt mütterlicher Anteilnahme ihre Erbarmungslosigkeit entgegen: »Lotte Schröder, wie konntest du nur so unvernünftig sein und nicht aufpassen! Täglich bete ich dir vor, dass du nichts anderes im Kopf haben darfst als deine Karriere. Wieso ist das in deinem Schädel nicht angekommen?« Während ich beschämt nach unten schaute, fuhr der Arzthelfer unbeeindruckt mit dem Eingipsen fort und sagte: »Wie Sie sehen, hat der Knochen seine Arbeit eingestellt. Wenn ihnen etwas an ihrer Tochter liegt, sollten auch Sie das tun, wozu Lotte nun leider, zumindest einseitig, für die nächsten acht Wochen gezwungen ist: die Füße still halten.«

»Ich möchte sofort den Arzt sprechen!«, verlangte Mutter. Dazu müsse sie zur Anmeldung gehen und nach Frau Dr. Böhnisch fragen. Mutter jagte über den Flur zur Anmeldung.

Der Arzthelfer sah mich mitleidig an und drückte sein Bedauern über den unpässlichen Unfall aus: »Da hast du dir ja nicht gerade den günstigsten Zeitpunkt für ein Gipsbein ausgesucht, aber Kopf hoch, du scheinst ja bereits weltweit in aller Munde, da werden die Designer sicher auf deine Genesung warten und bald schon wieder Schlange stehen.«

»Ich wünschte, die würden mich vergessen. Ich hasse das Modeln. Können Sie den Gips nicht so anlegen, dass alles etwas schief zusammenwächst? Dann müsste ich nie wieder über Laufstege stelzen. Und eine leichte O-Beinstellung wäre sogar förderlich für einen ordentlichen Spin beim Schießen.«

Verdutzt schaute mich der Arzthelfer an und pochte darauf, dass ich mit Mutter über meine Wünsche spreche.

Ich erwiderte resigniert: »Mit ihr kann man nicht reden. Als sie erfuhr, dass ich Fußball spiele, hat sie mich in mein Zimmer eingesperrt, mir das Fußballspielen verboten und so lange nicht mehr mit mit gesprochen, bis ich fünf Wochen später den nächsten Modelwettbewerb gewonnen hatte.«

»Gibt es denn niemanden, dem du dich anvertrauen

kannst und der dir hilft?«, fragte der Arzthelfer alarmiert, »ich kann dir die Telefonnummer des sozialpsychologischen Dienstes für Kinder und Jugendliche in deiner Nähe geben. Dort kannst du jederzeit anrufen.« Er gab mir ein Faltblatt aller Einrichtungen für Kinder in Not mit dem Hinweis, dass meine Mutter davon nichts zu wissen brauche.

Wie auf‹s Stichwort hörte ich Mutter Frau Dr. Böhnisch anblöken: »Ihre Vorwürfe sind absolut haltlos und eine Frechheit. Ich werde mir einen Anwalt nehmen und Sie verklagen und meine Tochter können Sie nicht gegen meinen Willen hier behalten, ich nehme sie jetzt mit!« Vom Flur aus rief sie nach mir: »Lotte, komm, wir gehen!«

Ich zuckte zusammen und wollte von der Liege steigen, als mich ein stechender Schmerz zurückwarf. Dr. Böhnisch stürzte kurz nach Mutter herein und forderte sie auf, das Zimmer zu verlassen: »Frau Schröder, wenn Sie Ihre Tochter gegen meine ärztliche Anweisung mitnehmen, werde ich das Jugendamt einschalten, denn dann ist das Wohl Lottes in Gefahr. Ich bitte Sie daher, zur Vernunft zu kommen und Ihre Tochter bis morgen für weitere Untersuchungen hier zu lassen.« Ich wusste nicht, über welche weiteren Untersuchungen Frau Dr. Böhnisch mit Mutter gesprochen hatte, konnte mir aber vorstellen, dass es etwas mit den Bemerkungen Herrn Mühlenas, des Arzthelfers, zu tun hatte, der während des Eingipsens sagte, dass eine solche Schwere meiner Verletzung in meinem Alter sehr ungewöhnlich sei, was ihn aber nicht wundere, wenn man nur aus Haut und Knochen bestehe. Mutter gab sich geschlagen: »Dann lassen Sie mich wenigstens mit meiner Tochter unter vier Augen sprechen.«

Als wir allein im Zimmer waren, beschwor Mutter mich, keine Dummheiten zu erzählen, an meine Karriere zu denken und mich nicht so anzustellen. Ich solle sie anrufen, wenn die Untersuchungen erledigt seien, sie warte dann auf dem Parkplatz auf mich, denn sie wolle dieser ignoranten und beleidigenden Böhnisch nicht noch einmal begegnen.

Erst als sie die Tür hinter sich zugeschlagen hatte, atmete ich weiter und als ich realisierte, dass ich einfach einmal nur daliegen durfte, ohne irgendwelche Erwartungen erfüllen zu müssen, überkam mich ein tiefer Entspannungszustand. Als wollte mein Körper von den nächsten mutterfreien vierundzwanzig Stunden keine Sekunde verschenken, schlief ich erleichtert ein.

Ich träumte, dass Herr Mühlena mir etwas Blut abzapfen wollte und merkte erst, als er mir mit einer Nadel in den Arm pikste, dass das kein Traum war, was meinem zufriedenen Zustand aber nichts anhaben konnte. Auch die weiteren Untersuchungen waren im Vergleich zu den Schikanen der Mutter eine Erholung: Es wurden neurologische Tests durchgeführt, meine Organe konnte ich auf Ultraschallbildern betrachten, meine Knochendichte wurde gemessen, mein Herz mit einem Langzeit-EKG, das ich über Nacht tragen musste, kontrolliert und mein psychischer Zustand durch ein langes Gespräch mit einer sehr netten Psychologin, die mich an Frau Recki erinnerte, geprüft.

Die Ergebnisse waren für die Ärzte besorgniserregend, für Mutter ein Fiasko und für mich ein Geschenk. Die Hormonzusammensetzung in meinem Blut und die Knochendichte passten zu einem siebzigjährigen hermaphroditischen Börsenmakler kurz vor dem Crash, wohnhaft in Fukushima: poröse Knochen, weibliche Hormone kaum vorhanden, Cortisolspiegel viel zu hoch und eine amoklaufende Schilddrüse. Zudem sei eine posttraumatische Belastungsstörung vorprogrammiert, wenn nicht unverzüglich gegengesteuert würde. Da Mutter die Untersuchungsergebnisse anzweifelte und sich nicht dazu bereit erklärte, auch nur einen Zentimeter von ihrer Lebensplanung abzurücken, mich zu einem Weltstar auf dem Laufsteg abzurichten, stand drei Wochen später, zu Beginn der Sommerferien, das Jugendamt vor der Tür und rettete meine Knochen. Man fand bei der Durchsuchung unserer Wohnung Schilddrüsentabletten, die Mutter mir vermutlich ohne mein Wissen verabreicht hatte, was die Überfunktion und das Scheitern meiner Gewichtszunahme trotz des heimlichen Verschlingens von Süßigkeiten erklärte.

Auch eine Abhängigkeit Mutters von Psychopharmaka und Schlaftabletten kam ans Licht und ein psychologisches Gutachten bescheinigte ihr eine schwere Traumatisierung und vorübergehende Unzurechnungsfähigkeit, weshalb ihr das Sorgerecht vorerst entzogen und meiner Großmutter zugesprochen wurde. Als Mutter am Ende der Sommerferien in eine psychiatrische Klinik eingeliefert wurde, erlangte ich eine doppelte Freiheit: Beinfreiheit, da mir der Gips abgenommen wurde und Willensfreiheit, da ich der mütterlichen Handhabung entkam und zum ersten Mal in meinem Leben das machen konnte, wozu ich Lust hatte.

* * *

Während es für die meisten Kinder ein Albtraum ist, von der Mutter getrennt zu werden,
genoss ich es in vollen Zügen. Ich schlief so albtraumlos wie noch nie und freute mich abends schon auf das Frühstück und eine heiße Dusche ohne Kälteschocks, die Mutter mir sonst jeden Morgen zur Abhärtung verabreicht hatte. In den ersten Tagen meines neuen Lebens kam es mir wie ein Traum vor, ohne von durchblutungsfördernder Penis-Versteifungscreme rotfleckigen Beinen mit Großmutter am Frühstückstisch zu sitzen und in ein Brötchen mit Butter und Nutella zu

beißen. Die Beckenbodengymnastik war in weite Ferne gerückt und sollte sich erst wieder nähern, als ich dreißig Jahre später freiwillig den Alterserscheinungen zu Leibe rückte. Das erste Indiz für meine Willensfreiheit war die Fahrt zum FC Millingen gleich am ersten Schultag nach den Sommerferien. Mein letztes Training war fast drei Jahre her, aber Herr Angenvort tat so, als sei es gestern gewesen, und statt Fragen zu stellen - ich war mir nicht sicher, was er über die Sache mit Mutter wusste - mahnte er mich zur Eile: »Worauf wartest du? Zieh dich um, deine Mannschaft ist schon beim Aufwärmen.« Ich heulte vor Glück, zog die mir vor drei Jahren zwei Nummern zu großen, nun etwas zu kleinen Fußballschuhe, die mir Chris damals geschenkt hatte, an und rannte zu den anderen. Fast alle aus dem früheren Team waren noch dabei, aber ich befürchtete, dass sie mir meinen plötzlichen Abgang übelgenommen hatten und bremste meinen euphorischen Sprint zwanzig Meter vor der laufenden Truppe ab. Chris bemerkte mich als Erster und rief: »Nein, ich glaub's nicht. Hey, Jungs, schaut mal, wer da kommt. Die Auferstehung Biggys.« Bei dem Wort entwich meinem Körper jegliche Kraft, ich strauchelte und mir wurde schwindelig. Aus dem Hinterhalt war mein altes verhasstes Leben wieder in mich hineingekrochen. Sie wussten es also. »Böhnchen?«, rief Walze erstaunt. Da war sie, meine zweite Identität, die mich auf den Beinen hielt. Mein Blick wurde wieder klarer und als ich die anderen lachend auf mich zustürmen sah, wusste ich, dass mir zum zweiten Mal das Aufnahmeritual bevorstand und ich ließ mich vergnügt von ihnen niederwalzen. Ich gehörte wieder dazu.

Von diesem Tag an war ich täglich auf dem Fußballplatz. Einmal pro Woche trainierte ich die Kleinsten des FC Millingen und verdiente mir damit das Geld für eine angemessene Ausrüstung: Nach einem Monat konnte ich mir passende Schuhe und kurz darauf Schienbeinschoner kaufen. Aber das schönste Geschenk in meinem Leben bekam ich zu meinem fünfzehnten Geburtstag. Ich fuhr wie jeden Tag nach der Schule mit dem Rad zum Verein, aber der Platz war wie leergefegt, kein Mensch weit und breit, irgendetwas stimmte da nicht. Ich schaute in den Umkleidekabinen: nichts, im Vereinsheim: niemand zu sehen. Auf einmal hörte ich aus irgendwelchen Lautsprechern die Stimme von Chris: »Frau Schröder, bitte finden Sie sich umgehend auf dem Fußballplatz ein!« Ich rannte hinaus auf den Platz, der nach wie vor verlassen dalag. Verdutzt stand ich eine Weile da, als plötzlich ein ohrenbetäubendes Geburtstagsständchen der ganzen Mannschaft durch die Lautsprecher dröhnte und gleichzeitig etwas an dem Fahnenmast vor dem Vereinsheim hochgezogen wurde. Ich traute meinen Augen nicht: Das war ein Vereinstrikot mit dem Namen Böhnchen und der

Nummer fünfzehn auf dem Rücken. Ich bekam eine Gänsehaut und wieder wurde mir schwindelig, aber dieses Mal vor Glück. Meine Mannschaftskameraden kamen aus ihrem Versteck auf mich zu, trugen mich auf ihren Händen hoch über ihren Köpfen und ließen mich dreimal hochleben. Als ich das Trikot in den Händen hielt, sah ich, dass alle auf der Vorderseite unterschrieben hatten.

Es war sowohl ein Geburtstags- als auch ein Abschiedsgeschenk, das ich bei unserem letzten Saisonspiel zwei Wochen später trug. Ich musste den Verein verlassen und in eine Damenmannschaft wechseln, denn die Jungs aus meiner Mannschaft wurden zu Männern und ich kam gegen ihren Testosteron- und Adrenalinspiegel nicht mehr an: Sie waren schneller, ihre Schüsse härter, ihre Fouls nicht mehr Ausdruck ihres Spiel-, sondern zunehmend Ihres Aggressionstriebs, die Jubelgesten wurden geschlechtsspezifisch und grenzten mich aus: Ich konnte und wollte mir nach einem Tor nicht wie ein Affe auf die Brust trommeln, an die Keimzellenhalter zwischen den Beinen packen oder die Eckfahne kopulierend antanzen. An dem Umgang mit mir auf dem Platz zeigte sich, welcher Typ Mann in den Jungen steckte: Es gab die Ausnahmen mit angemessenem Empathievermögen, die sich im Zweikampf charmant zurückhielten; dann gab es den hormongesteuerten Typus, der gleichzeitig seinen Aggressions- und

Sexualtrieb befriedigte, indem er mir so oft wie möglich auf den Leib rückte, dabei sein Becken gegen meinen Hintern drückte und alles, was er in die Hände bekam, brünstig angrapschte. Und das, obwohl ihm kaum etwas in die Hände fallen konnte. Denn während meinen Klassenkameradinnen die pubertären weiblichen Pölsterchen wuchsen, wurde ich dem bei sommersprossigen Rothaarigen häufig anzutreffenden leptosomen Erscheinungsbild gerecht: blasse Bohnenstange ohne erkennbare sekundäre weibliche Geschlechtsmerkmale. Den am häufigsten anzutreffenden Männertypus auf dem Fußballplatz verkörperten jene Mannschaftskameraden, die mir durch Fouls deutlich machten, wer auf dem Platz die Hosen anhat und mir mit sexistischen Äußerungen drohten, dass ich meinen Schwanz, den sie mir immerhin zugestanden, besser einziehen und mich aus ihrem Revier verpissen sollte.

* * *

Da Frauenfußball zu Beginn der Achtzigerjahre noch wenig verbreitet war, bot sich für mich nur der Wechsel in die Frauenmannschaft des Kaßlerfelder Ballsportclubs in Duisburg an oder ich hätte wegziehen müssen. Das wollte ich nicht, denn ich fühlte mich wohl bei Großmutter und hatte einen netten Freundeskreis und außerdem war der KBC alles andere als eine

Kompromisslösung. Der Verein hatte bereits seit 1970 eine Frauenfußballabteilung und das Team gehörte zu einem der besten in Deutschland; zwei Jahre zuvor, 1980, hatten sie um die Deutsche Meisterschaft gespielt und im Finale knapp gegen SSG 09 Bergisch Gladbach verloren.

Außerdem konnte ich mit dem Rad zum Verein fahren, denn vom Beeckbach bis zum KBC waren es nur neun Kilometer. Herr Angenvort hatte im Vorfeld mit dem Vereinsvorstand und dem Trainer gesprochen und ein Kennenlerntreffen und Probetraining vereinbart. Als ich das Vereinsgelände erreichte, wurde mir etwas mulmig zumute, da der FC Millingen mit diesen Dimensionen nicht mithalten konnte. Statt direkt bis an den - einzigen und nicht zu verfehlenden - Platz zu fahren, stand ich hier erst einmal perplex auf einem riesigen Parkplatz und sah nichts von einem Spielfeld. Statt dessen türmte sich ein Stadion vor mir auf. Ich fuhr zweimal darum herum und schob mein Rad - Schilder zeigten an, dass das Radfahren auf dem Vereinsgelände verboten war - durch irgendeinen Eingang und stand wieder orientierungslos da. Aus einem Nebengebäude trat ein Mann mit einem Netz voller Bälle, auf den ich in der Annahme, dass es der Trainer sei, zulief und mich vorstellte. Er entgegnete ungerührt: »Wolle, Platzwart. Denn hau ma rein, wa« und schlurfte weiter. Ich brauchte einen Moment, bis ich realisierte, dass Trainer und Platzwart im KBC nicht ein und dieselbe Person waren, bevor ich zu Wolle aufschloss und ihn fragte, ob er mir sagen könne, wo die Frauenmannschaft trainiere. Ohne stehen zu bleiben, nickte er in eine nicht näher bestimmte Richtung zur anderen Seite des Stadions. Ich schob mein Rad weiter neben ihm her und fragte, wie ich dorthin komme. Da müsse ich raus aus dem Stadion zum Trainingsgelände, Ausgang F, am Hockeyplatz vorbei und dann immer dem Duft nach. Ich bedankte mich und ging zum Ausgang F. Was der Kommentar mit dem Duft sollte, blieb mir schleierhaft.

Am Trainingsplatz angekommen sah ich jemanden verschiedene Übungsstationen auf dem Rasenplatz aufbauen, weshalb ich annahm, dass dies der Trainer sein müsste, aber nach der Begegnung mit Wolle war ich etwas verunsichert. Vielleicht hatte der KBC ja auch einen extra Trainingsgeräteaufsteller. Zögerlich näherte ich mich dem Platz und stand eine Weile am Spielfeldrand, bis der Mann mich bemerkte und lächelnd auf mich zukam: »Lotte? Schön, dass du da bist. Die Mädels findest du da drüben in der Umkleide.« Ich war nervös und atmete tief durch, bevor ich die Umkleideräume betrat. Meine zukünftigen Mannschaftskolleginnen redeten alle gut gelaunt durcheinander. Die meisten waren deutlich älter als ich, auf einigen prangten Tattoos und sie gingen ziemlich vulgär miteinander um, so wie ich es eher vom

Männertyp zwei und drei aus meiner alten Jungenmannschaft kannte. Als eine ihre Hüllen fallen ließ und ein Leopardentanga zum Vorschein kam, gab es obszöne Pfiffe, schlüpfrige Bemerkungen und anzügliche Klapse auf den Allerwertesten. Ich blieb eingeschüchtert an der Tür stehen und sie bemerkten mich zunächst nicht. Mit einem zaghaften »Hallo!« machte ich auf mich aufmerksam, woraufhin die Leopardin mir entgegensprang, mir ihren muskulösen Arm um die Schultern legte und mich den anderen vorstellte: »Hi, du bist wahrscheinlich das angekündigte Sturmwunder auf zwei Stelzen?«

»Lotte wäre mir lieber!«, konterte ich.

Ich fühlte mich fehl am Platze, denn dem Sprücheklopfen konnte ich nichts abgewinnen und stieg in dieses Gebaren nicht mit ein, sondern blieb mit meiner Tasche um die Schulter am Eingang stehen.

Die Leopardin zog sich ihr Trikot und eine Armbinde an, die sie als Spielführerin auswies, und übernahm auch in der Kabine die Initiative: »So, Mädels, jetzt zeigen wir uns mal von unserer guten Seite und nehmen Lotte in unser Team auf.« Was dann geschah, verkehrte mein anfängliches Gefühl der Deplatziertheit in eines der Zugehörigkeit. Alle Spielerinnen bildeten mit mir zusammen einen Kreis, indem wir unsere Arme gegenseitig auf den Schultern verschränkten und unsere Oberkörper nach vorne beugten, sodass sich die Köpfe in der Mitte trafen. Die Spielführerin begann leise mit der Silbe »ho«, die Nachbarin stieß ein etwas lauteres »ha« aus und so ging es immer lauter werdend im Wechsel reihum weiter: »Ho, ha, ho, ha, ho, ha!« Nach zwei Runden waren wir eine eingeschworene Einheit und begannen uns wie bei einem indigenen Ritual im Kreis zu drehen und Gesänge anzustimmen. Ich war wie weggetreten und mit den anderen zusammengeschmolzen. Die Spielführerin trat in die Mitte des Kreises, zog mich zu sich, während die anderen weitersangen, wir sahen uns tief in die Augen, lachten uns an, stecken die Köpfe zusammen, klopften uns gegenseitig auf die Schultern, reihten uns wieder in den Kreis ein und ein anderes Pärchen trat in die Mitte und vollzog das gleiche Ritual. Am Ende bildeten wir die Anfangsformation und reduzierten die Gesänge wieder auf das reihum laufende »ho, ha«, bis das Ritual in einem letzten leisen »ho« versiegte. Mir kam es so vor, als hätte ich eine ganze Trainingseinheit hinter mir, aber de facto waren nur fünf Minuten vergangen. Die Atmosphäre war wie ausgewechselt, der Zusammenhalt fühlbar. Meine Mannschaftskolleginnen stellten sich in einer Reihe auf, ich ging an ihnen vorbei, tauschte mit jeder einen Handschlag und sie nannten mir ihre Namen.

Ich zog noch schnell mein Geburtstagstrikot über, wofür ich mich trotz der Gefahr, dass es etwas kindisch wirken könnte, entschieden hatte, da es mir das Gefühl gab, meine alte Mannschaft um mich zu haben, die mich zur Not beschützen würde.

Der Notfall trat nicht ein, denn bereits beim ersten Trainingsspiel erwies sich die Zeit in der Jungenmannschaft des FC Millingen als gute Schule. Obwohl ich die Jüngste im Team war, hatte ich eine gute Spielübersicht, lief mich blitzschnell frei und stand häufig vor dem Tor und musste auf den Pass warten. Anfänglich schienen die anderen im Zweikampf noch etwas zögerlich, als hätten sie Angst, mich zu zerbrechen, aber als sie merkten, dass ich alles andere als zimperlich zur Sache ging - gegen Walze und die Männergrätschen, die ich gewohnt war, wirkten ihre Körperkontakte wie Streicheleinheiten -, versuchten sie mich zunehmend rabiater auszubremsen, was ihnen aber selten gelang, da ich ihre Attacken meist voraussah und über sie hinwegsprang, weshalb sie mir den Namen Grashüpfer verpassten.

Parkklinik Hochfeld Duisburg
Prof. Dr. Mechthild Rosenowsky

Therapieprotokoll

Name der Patientin: Schröder, Julia
eingewiesen am: 10.08.1982
geboren am 15.01.1949 in Neasden (GB)
Familienstand: ledig
Kinder: eine Tochter, geb. am 15.04.1967
in Duisburg

Sitzung: 3.   **Datum: 27.08.1982**

Äußeres Erscheinungsbild
Nach wie vor sehr gepflegter Eindruck,
geschminkt, schweres Parfüm, Haare zu
einem Dutt gebunden, lackierte
Fingernägel, Lippenstift. Streng und
auffällig gekleidet: Kostüme, Röcke,
Stoffhosen, Blusen, meist hochhackige
Schuhe, trägt Schmuck, außer Ringe.

Äußeres Verhalten
Die Patientin grüßt verhalten beim
Eintritt in das Behandlungszimmer und
setzt sich ohne Aufforderung hin. Sie
weicht meinem Blick aus, aber in einer
mehr unsicheren als feindseligen Art. Ihr
Blick geht weniger starr geradeaus als
mehr nach unten. Sie sitzt weniger steif

und angespannt auf dem Sessel, lehnt sich zeitweise an, wechselt häufig Arm- und Beinstellung.

Denkweisen/Gefühlslage/soziale Interaktion

Auf die Fragen nach ihrem Befinden und ob sie das Gefühl habe, dass ihr hier geholfen werde, räumt sie ein, dass sie sehr erschöpft sei, aber beharrt nach wie vor darauf, keine psychotherapeutische Hilfe, sondern nur etwas Ruhe zu benötigen. Auf Fragen zu einem Lebenspartner reagiert sie abweisend und verärgert: Sie brauche keinen Mann, stehe lieber auf eigenen Füßen. Sie scheint ein sehr schlechtes Männerbild zu haben. Auf die Nachfrage, ob sie sich vorstellen könne, dass ihre Tochter Lotte sich nach einem Vater sehne, fällt sie sofort in eine Verweigerungshaltung, ihr Blick zeigt Dissoziierungstendenzen, sie scheint von sich selbst fort zu sein und ist nicht mehr ansprechbar. Der einzige Zugang zu ihrer Vergangenheit ist das Thema Modeln, ihre Stimmung hellt sich auf, sie nimmt sogar kurz Blickkontakt auf und sagt, dass sie damals als eines der jüngsten Models kurz vor dem Durchbruch gestanden habe. Die Erinnerungen an die Gründe des Scheiterns

dieser Karriere sind ihr nicht zugänglich beziehungsweise blockt sie die Frage danach ab, erstarrt und wird sichtlich nervös, bevor sie ungewöhnlich lebhaft von den Erfolgen ihrer Tochter und deren bevorstehenden Karriere prahlt. Sie ist allerdings nicht in der Lage, sich in ihre Tochter hineinzuversetzen, deren Wünsche und Befinden blendet sie vollkommen aus beziehungsweise spricht davon in einer sachlichen und distanzierten Art, als rede sie über einen Gegenstand, den sie formen müsse. Als ich sie mit den durch Mangelernährung und Stress verursachten gesundheitlichen Beschwerden ihrer Tochter konfrontiere, gerät sie außer sich vor Wut und Ärger: Um als Model etwas zu erreichen, müsse man hart zu sich selbst sein und die Grenzen des Körpers überschreiten. Das müsse sie ihrer Tochter beibringen.
Die Frage, ob sie nicht wolle, dass ihre Tochter selbst hinter dem Modeln stehe und glücklich damit werde, löst eine traumatische Reaktion bei ihr aus. Sie schlägt mit ihren Händen auf ihren Bauch ein und schreit: »Sie hat kein Recht auf ein selbstbestimmtes, glückliches Leben.«

Vorläufige Diagnose/Krankheitsbild
Die Patientin ist sich ihrer Situation in

der Klinik bewusst und wehrt sich nicht
mehr gegen den Aufenthalt. Den
Tablettenentzug hat sie körperlich gut
überstanden, verlangt aber abends nach
Schlafmitteln. Sie wird von Albträumen
geplagt und hat Angst einzuschlafen. Es
stellen sich zwei Trigger heraus, auf die
sie mit unterschiedlichen
Abwehrmechanismen reagiert: Sie sieht ihr
vergangenes eigenes Ich verletzt und
bedroht, wenn im Kontext des Modelns
Glück und Selbstbestimmung ihrer Tochter
angesprochen werden und reagiert darauf
mit Ärger und Wut. Sie macht ihre Tochter
dafür verantwortlich, dass ihr das
Lebensglück und die Selbstbestimmung
genommen wurden. Während sie bei dieser
Thematik noch Verbindung zu ihren
Gefühlen hat (Wut und Ärger), bewirkt der
Trigger Vater der Tochter eine **Ich-
Dissoziierung** und Erstarrung, sodass
davon auszugehen ist, dass das
schwerwiegendere Trauma im Zusammenhang
mit der Zeugung der Tochter steht. Nach
wie vor ist eine **Vergewaltigung** nicht
auszuschließen. Alles deutet auf eine
traumatisierte Übertragung hin: Die
Patientin inszeniert unbewusst immer
wieder den Beginn ihrer eigenen
Modelkarriere und hält diesen Wunsch
lebendig, indem sie aus ihrer Tochter ein

Model machen möchte. Andererseits überträgt sie ihre negativen Erfahrungen im Kontext der Zeugung und Geburt auf ihre Tochter und kehrt damit die Rollen um: Die Patientin, damals das Opfer, dem seine Selbstbestimmung genommen worden ist, wird jetzt zur Täterin und macht ihre Tochter zum fremdbestimmten Opfer. Somit fungiert ihre Tochter einerseits als Stellvertreterin für die nicht erfüllten Wünsche der Patientin, andererseits als Sündenbock für das ihr zugefügte Leid.

Weiterführende Maßnahmen/nächste Therapieschritte

- Gespräch über die Alb-/Träume der Patientin
- Verhältnis zum Vater thematisieren
- Was wissen Tochter und Mutter über die Vaterschaft?
- Aufbau einer wertschätzenden Beziehung zu sich selbst, um über das Ereignis der Entwürdigung sprechen zu können.

Julia

Vier Wochen nach Mutters Einlieferung wollte ich sie das erste Mal in der Psychiatrie besuchen. Meine Großmutter begleitete mich und bereitete mich während der Busfahrt darauf vor, dass Mutter im Moment einen ungewohnt lethargischen Anblick biete und sich anders verhalte als ich sie kenne. Ich solle mir das nicht zu sehr zu Herzen nehmen, das habe nichts mit mir zu tun. Bis zu Großmutters Vorwarnung habe ich mir keine Gedanken darüber gemacht, dass Mutter anders aussehen könnte als eine Figur aus ihren Modemagazinen, die sie täglich las, und mich anders behandeln könnte als ihre willenlose Leibeigene; vor allem der Begriff »lethargisch« war im Zusammenhang mit Mutter fehl am Platze, ich habe sie nie anders als nervös, gestresst und herrisch erlebt. Deshalb fragte ich Großmutter: »Wie ist sie denn?« »Ich weiß nicht, wie ich das beschreiben soll, sie sagt nicht viel und wirkt, als sei sie mit den Gedanken woanders. Als ich ihr letzte Woche eine Tasche mit Kleidung brachte, bat sie mich, ihr eine kleine Schatulle mit sehr persönlichen Sachen aus ihrem Nachttisch mitzubringen, die sie vor über fünfzehn Jahren aus England mitgebracht haben muss.«

Ich wurde neugierig, eine solche Geheimnistuerei passte nicht zu Mutter, sie war freizügig, vulgär und trug ihre Gedanken auf der Zunge, weshalb ich nachhakte: »Hast du nachgesehen, was sich in der Schatulle befindet?«

»Ich habe zwar einen Blick hineingeworfen, aber nicht darin herumgewühlt oder mir die Dinge genauer angesehen. Das gehört sich nicht. Es waren Fotos, ein Buch, mehrere Schriftstücke und eine Kette mit einem Ring darin.«

Wir erreichten die Klinik, die einen überraschend friedlichen Eindruck machte. Umgeben von Wald und mit Blick auf einen See wirkte sie wie ein Ort, an den man sich eher freiwillig zur Erholung einquartiert als unfreiwillig eingewiesen wird. Großmutter brachte mich bis zu Mutters Zimmer, wollte mich aber zunächst mit ihr alleine sprechen lassen. Falls ich sie brauche oder ich mit Mutter herunterkommen wolle, fände ich sie draußen auf der Caféterrasse. Ich klopfte an, aber es kam keine Antwort. Ich horchte an der Tür, rief zaghaft ihren Namen, klopfte erneut, aber es regte sich nichts. Vielleicht schlief sie. Vorsichtig drückte ich die Türklinke herunter, die Tür ließ sich öffnen, ich machte einen unsicheren Schritt in das Zimmer, rief Mutters Namen, aber erhielt wieder keine Antwort. Ich schlich ins Zimmer und schloss so leise wie möglich die Tür. Nichts erinnerte hier an Mutter. War ich im richtigen Zimmer?

Das musste es sein, denn an dem Bettgestell klemmte ein Schild mit ihrem Namen. Warum standen hier so viele Blumen, zu Hause wollte sie nie welche haben? Oder gehörten die zur Klinikausstattung? Es roch angenehm frisch, nicht nach ihrem süßen aufdringlichen Parfüm und es lagen keine Zeitschriften herum. Mein Blick fiel auf ein Bild, das auf ihrem Nachttisch stand. Es war eine Schwarzweißaufnahme zweier Mädchen, die sich umarmten und sehr glücklich wirkten; die Köpfe aneinandergelehnt lachten sie in die Kamera. Wer waren die beiden? Ich nahm das Foto aus dem Rahmen, um nachzusehen, ob sich auf der Rückseite ein Hinweis befand. Ich las: »Lissy und Birdy. Neasden 1958.« Verwirrt setzte ich mich auf das Bett und versuchte irgendeinen logischen Zusammenhang zwischen dem Bild und Mutter herzustellen. Ich hatte die Namen noch nie gehört, aber je länger ich die Gesichter dieser beiden Mädchen betrachtete, desto mehr erkannte ich bei dem einen die kindlichen, unverfälschten Züge der heute von einer kosmetischen Maskerade verstellten Mutter. Das Mädchen neben Mutter schien eine enge Freundin von ihr zu sein.

Ich hatte Mutter früher einige Male nach ihrer Kindheit und Jugend in England gefragt, aber sie blockte immer ab, sagte bloß, da gebe es nicht viel zu erzählen, es sei eine gewöhnliche Kindheit und trostlose, von dem Tod ihres Vaters überschattete Jugend gewesen, die ihren negativen Höhepunkt in der ungewollten Schwanger-schaft erreicht hätte. Als ich sie das zweite Mal im Alter von acht Jahren nach meinem Vater fragte, bekam sie einen hysterischen Anfall, schlug um sich, warf mit allem, was sie in die Finger bekam, nach mir und schrie: »Ich habe dir gesagt, dass ich die Frage nie mehr hören will, ich weiß nicht, wer dein Vater ist, ich war sturzbe-trunken und es ist auf einer Party in einer Toiletten-kabine passiert. So, jetzt weißt du es. Und ich warne dich, sprich mich nicht noch einmal darauf an, wenn dir dein Leben lieb ist!«

Ein Klopfen an der Tür riss mich aus meiner Konfusion, hastig versuchte ich das Foto wieder in den Bilder-rahmen zu bekommen, als jemand die Tür aufmachte und mit den Worten »Frau Schröder?« ins Zimmer trat. Ich versteckte Bild und Rahmen schnell unter der Bettdecke, schaute die Ärztin unschuldig an und antwortete: »Ja.« Sie lächelte mich an und hielt meine Antwort für einen Scherz, auf den sie mit gespielter Verwunderung einging: »Aber Frau Schröder, bei Ihnen hat die Verjüngungskur ja schneller angeschlagen als erwartet, na dann können wir Sie ja schon bald ent-lassen.«

»Sie liegen gar nicht so falsch«, sagte ich, »ich bin Lotte, die Tochter von Frau Schröder und wollte Mutter besuchen. Wissen sie, wo sie ist?« Sie ging mit mir auf den Balkon und zeigte in Richtung See: »Wenn sie nicht in ihrem Zimmer ist, sitzt sie meistens dort drüben auf der anderen Seite des Sees auf der Bank unter der großen Kastanie und liest ein Buch.« Ungläubig entgegnete ich: »Sind Sie sicher, dass Sie meine Mutter nicht mit jemand anderem verwechseln? Ich habe sie nämlich noch nie länger als zwei Minuten freiwillig ruhig irgendwo sitzen sehen, einem Aufenthalt in der Natur konnte sie nie etwas abgewinnen und niemals brächte sie die Geduld auf, ein Buch zu lesen.«

Frau Dr. Rosenowsky wurde ernst: »Lotte, ich weiß nicht, was deine Mutter dir über ihre Vergangenheit erzählt hat, aber du solltest wissen, dass in ihrer Jugend wahrscheinlich Dinge passiert sind, die sie verdrängt hat, weil sie sie sehr verletzt haben. Und ich als ihre Psychotherapeutin werde versuchen, diese Ereignisse wieder in ihr Bewusstsein zurückzuholen, damit sie in Zukunft besser damit leben kann. Aber das kann ein langwieriger und schmerzhafter Prozess sein. Um die erste Therapiephase zu überstehen, nimmt sie Medikamente, die sie zur Ruhe und zu sich selbst kommen lassen. Vielleicht erkennst du sie daher kaum wieder. Es wäre eventuell leichter für dich, wenn du bei dem ersten Besuch nicht alleine zu deiner Mutter gehst. Wenn du möchtest, kann ich mitkommen.« »Vielen Dank, aber meine Großmutter wartet unten in der Caféteria, sie kann mich begleiten.«

Auf dem Weg zum See erzählte ich meiner Großmutter,

was Frau Dr. Rosenowsky über Mutter gesagt hatte und fragte sie, ob sie von solchen schlimmen Erlebnissen in Mutters Jugend wisse. Ich spürte, wie ihr bei mir untergehakter Arm plötzlich schwer wurde und sie zusammensackte. Wir gingen gerade an einer Bank vorbei und ich schlug vor, dass wir uns einen Moment setzten und ausruhen sollten. Meine Frage hatte sie traurig gemacht und ich hörte an ihrem tiefen Durchatmen, dass Großmutter sich sammeln musste, bevor sie bedrückt anfing zu erzählen: »Deine Mutter war ein sehr fröhliches und aufgewecktes Mädchen. Der Tod ihres Vater hatte sie zunächst sehr betrübt, aber im Laufe der Monate kam sie, auch dank eines engen Freundeskreises, mehr und mehr darüber hinweg und hatte den Verlust letztendlich gut verkraftet. Anders als ich, ohne meinen Jimmy fühlte ich mich in England allein und fremd.«

Irgendetwas verschwieg Großmutter mir, weshalb ich nachhakte: »Großmutter, ich habe nie verstanden, warum du unbedingt nach Deutschland zurück wolltest. Du hattest doch hier niemanden mehr, während du in England nette Menschen kanntest, wie du sagst. Außerdem sah die Zukunft dort viel rosiger aus als hier, zumindest was die Arbeit anging. Wenn ich mich recht erinnere, hast du in einer Schneiderei gearbeitet.«

»Naja, aber an die englische Mentalität und die Kultur konnte ich mich nicht gewöhnen und es gab zwischen meiner Freundin Helene und mir auch immer öfter kleinere Streitigkeiten. Und immerhin stand mein Elternhaus noch, das meine Cousine und deren Mann nach dem Krieg bewohnten und vor ihrer Auswanderung in die USA verkauft hätten, wenn ich nicht zurückgekommen wäre.«

Ihre Erklärungen überzeugten mich nicht und ich blieb bei meiner Vermutung, dass sie mir etwas verheimlichte. Aber sie ließ sich auf mein erneutes Nachfragen nicht ein, sondern übersprang ein paar Jahre und fuhr fort: »Ich hielt durch, bis Julia ihren mittleren Schulabschluss gemacht hatte und wollte sie dann mit nach Deutschland nehmen. Als es so weit war, wirkte sie sehr bedrückt und unglücklich. Sie wollte ihr englisches Zuhause und ihre Freunde nicht verlassen. Sie liebte ihre Heimat und ihr Leben so wie es war und wünschte sich, dort bleiben und eine weiterführende Schule besuchen und ihren Advanced-Level-Abschluss machen zu dürfen, der mit dem deutschen Abitur zu vergleichen ist. Sie war also in einer ähnlichen schulischen Situation wie du jetzt. Ich habe lange mit mir gerungen, ob ich sie alleine in England zurücklassen sollte, aber ich sah ein, dass ich sie todunglücklich gemacht hätte, wenn ich sie von ihren Freunden weg und aus ihrem freudvollen Leben fortgerissen hätte. Die Browns, eine eng befreundete Familie im Nachbarort, versicherte mir, dass sie ein Auge auf Julia werfe; die letzten Zweifel nahmen mir die Thornbys, deren Tochter Lissy sie von kleinauf kannte und die seit dem Kindergarten unzertrennlich waren. Sie gaben mir ihr Wort, sich um deine Mutter zu kümmern und ihr ein Zuhause zu geben.«

Mir stockte der Atem: »Stop, Großmutter, warte mal, Lissy Thornby ist doch der richtige Name von diesem Model Biggy. Und Mutter nannte mich so, weil sie dieses Model verehrt und aus mir Biggy zwei machen wollte. Und du sagst mir jetzt, dass Biggy eine gute Freundin von Mutter war?«

»Ich glaube, deine Mutter hat sie weniger als Model verehrt, sondern persönlich sehr gemocht.«

Irritiert musste ich das Gehörte noch einmal in meine Worte fassen, damit es begreiflicher wurde: »Du möchtest mir also weismachen, dass das Model Lissy Thornby, genannt Biggy, mit Mutter zusammen aufgewachsen ist, dass sie ein Herz und eine Seele waren und Mutter sogar bei ihnen gelebt hat?«

»Ja, so war es«, versicherte Großmutter.

Noch immer nicht überzeugt fragte ich: »Aber warum hätte Mutter mir das verschweigen sollen? Was ist daran so schlimm? Für mich wäre der Name weniger abscheulich gewesen, wenn ich gewusst hätte, dass sich dahinter ein Mensch verbirgt, den meine Mutter sehr gemocht hat.« Auf einmal kam mir das Foto auf Mutters Nachttisch wieder in den Sinn. Waren das die engen Freundinnen, von denen Großmutter mir gerade erzählt hatte? Wenn das stimmte, müsste sie wissen, welchen Spitznamen Lissy Mutter gegeben hatte und sie wusste es: »Sie nannte sie Birdy. Und weißt du, warum? Weil sie so schön singen konnte wie ein Vögelchen«, antwortete sie wehmütig und Tränen liefen ihr über die Wangen. Ich nahm Großmutter in den Arm, bis sie aufgehört hatte zu weinen und versuchte vorsichtig das schicksalsträchtige Ereignis in dem Leben Mutters aus ihr herauszulocken, das auch mein Leben maßgeblich bestimmte: »Woran ist diese Freundschaft zerbrochen?«

»Eineinhalb Jahre nach meinem Wegzug aus Neasden lag deine Mutter verletzt und entkräftet mit einem Koffer vor meiner Tür. Ich werde ihren Anblick nie vergessen. Sie sah aus, als sei sie gerade der Hölle entstiegen, abgemagert, gerötete Augen, kreidebleich, die langen Haare völlig zerzaust und in ihrem zu groß gewordenen Mantel wirkte sie wie ein Gespenst. Aber das Schlimmste waren ihre ausdruckslosen Augen, durch die ich in ein leeres, lebloses Inneres schaute. Ich trug sie ins Haus, sie wog kaum mehr als ihr Knochengerüst, und legte sie auf das Sofa im Wohnzimmer.«

Pete

Von Geburt an wollte Pete keine Kinderbücher oder Märchen vorgelesen bekommen, sondern Gedichte, und als er mit fünf Jahren selbst zu lesen anfing, entwickelte er eine Leidenschaft für Goethe, sodass die zwei Gedichtbände, die seine Mutter Helene aus ihrer Schulzeit in Deutschland mit nach England gebracht hatte, dem Kleinen nach einigen Monaten nicht mehr ausreichend Lesefutter boten. So brachte Petes anspruchsvolles und unmäßiges Lesebedürfnis es mit sich, dass Helene einmal im Monat mit dem Bus in die *National Central Library* fuhr, deutsche Klassiker auslieh und den Nachmittag im *British Museum* verbrachte.

Im Alter von zehn Jahren gab es kaum noch ein Gedicht Goethes, das Pete noch nicht kannte und sein Gedächtnis schien sich auf das Speichern lyrischer Texte spezialisiert zu haben. Seine auswendig vorgetragenen Rezitationen bei familiären Zusammenkünften, Festen, Geburtstagen oder anderen Anlässen waren legendär. Ein besonderes Talent schien er für die dramatische Transformation lyrischer Texte zu haben und versuchte für seine selbstgeschriebenen Stücke seine Geschwister und Freunde als Schauspieler zu gewinnen.

Eine Zeit lang hatte Pete auf seine drei Jahre ältere Schwester Emmy zurückgreifen können. Aber seit sie zu den Menstruierenden gehörte, hielt sie ihn für einen Spinner und machte bei der Verkörperung seiner erfundenen Dramenfiguren nicht mehr mit. Aber einen Vorteil hatte es, eine ältere Schwester zu haben, die noch dazu um Literatur einen möglichst weiten Bogen machte: Man konnte bereits die Schullektüre lesen, die man in drei Jahren selbst im Unterricht behandeln würde. So widmete sich Pete in der fünften Klasse seinem ersten Shakespearestück, dem *Sommernachtstraum*, das Emmy gerade im Englischunterricht durchnahm. Er durfte sich die Lektüre leihen, wenn sie sie gerade nicht brauchte, was erstaunlich häufig der Fall war. Dass sie ihn das ein oder andere Mal als Ausrede für ihre nicht gemachten Hausaufgaben benutzte, indem sie dem Lehrer erzählte, dass ihr Bruder sich einen Spaß daraus mache, sich heimlich die Lektüre von ihrem Schreibtisch zu nehmen und sie zu verstecken, bekam Pete zu spüren, als Emmys Englischlehrer Mr. Harris ihn, der drei Klassen unter seiner Schwester auf dieselbe Schule ging, darauf ansprach und ihn mit erhobenen Zeigefinger bat, solche Scherze in Zukunft zu unterlassen. Als er dem Lehrer versicherte, dass er sich das Werk nur mit der Erlaubnis Emmys und auch nur dann, wenn sie es nicht brauche, leihe, um es zu lesen und immer wieder auf ihren Schreibtisch zurücklege, fühlte sich Herr Harris verhöhnt und wies ihn wütend von sich. Leider blieb Herrn Harris Pete als kleiner frecher Junge im Gedächtnis, sodass er in den zwei Jahren, in denen er ihn im Englischunterricht hatte, niemals ein A bekam, auch wenn er allen anderen meilenweit voraus war.

Auch sein kleinerer Bruder Timothy war als Schauspieler kaum zu gebrauchen. Bei ihm konnte man wahrlich nicht von einer sensiblen poetischen Seele sprechen, er war ein nerviger bulliger, rothaariger Raufbold, der sich weder damit bestechen ließ, dass Pete ihm versprach, ihn in seinem nächsten Stück als Hauptprotagonisten ein Denkmal zu setzen noch damit, dass er ihm seinen Nachtisch überlässt. Aber es gab eh wenig Rollen, die zu ihm gepasst hätten. Am liebsten verbrachte Timothy seine Zeit bei seinem Vater Jack auf dem Flugplatz, der dort als Pilot und Flugzeugtechniker der Royal Air Force arbeitete. Timothy konnte alle möglichen Details zu den Maschinen, die dort landeten und starteten, herunterbeten und schlug seinen Vater im Alter von sieben Jahren zum ersten Mal bei ihrem Spiel, wer die meisten Maschinen allein an ihren Geräuschen erkennen konnte und übernahm schon bald als Copilot des Vaters für einige Minuten das Steuer, wovon seine Mutter natürlich nichts wissen durfte.

Da blieb Pete nichts anderes übrig, als selber in die

verschiedenen Rollen zu schlüpfen. In Ermangelung realer Angebeteter sprach der Zehnjährige deshalb an einem sonnigen Mainachmittag 1956 im Gartenhaus einen an einen Balken gelehnten Besen an, dem er einen Hut aufgesetzt und einen Mantel seiner Mutter übergezogen hatte und versuchte diese Vogelscheuchengleiche mit einem Liebesgedicht von Goethe für sich zu gewinnen. Er schaute sich wie suchend um und zitierte wehklagend: *»Zwischen Weizen und Korn, / Zwischen Hecken und Dorn, / Zwischen Bäumen und Gras, / Wo geht‹s Liebchen? / Sag mir das!«*

Da er die Regungslosigkeit der Liebsten als unbefriedigend empfand, dichtete er für sie Antwortverse hinzu und schlüpfte selbst in die Rolle der Herzdame, indem er sich hinter den Besen stellte und wie aus deren Munde sprach: *»Hier bin ich doch, / und warte noch, / An unserm geheimen Ort. / Wo bist du Geliebter? / Doch nicht fort?«*

Dann sprang er wieder zurück in seine Haltung des verzweifelt suchenden Galans und rezitierte Goethes zweite Strophe: »Fand mein Holdchen / Nicht daheim! / Muß das Goldchen / Draußen sein.«

Wieder zurück hinter den Besen, also die Geliebte, die sich auch allmählich Sorgen macht, wo der Angebetete bleibt: »Bist zu mir nach Haus / Du Holder? / Lauf hinaus / zum Liebespolder.« Er, nun wieder der Liebestrunkene, entfernt sich von der Liebsten, lässt den Blick über den Garten schweifen und säuselt verständnisvoll: »Grünt und blühet / Schön der Mai; / Liebchen ziehet / Froh und frei.«

Er schnappt sich den Besen, läuft in den Garten und lehnt ihn an einen Stuhl, kniet sich hinter den Stuhl und lamentiert wehmütig: »Oh wie frei / fühl ich hienieden, / wenn die Sehnsucht nur nicht sei, / kann die Liebe nicht besiegen.«

Er rennt auf die andere Seite des Gartens, legt die Hand suchenden Blickes an die Stirn, öffnet erfreut die Arme und ruft: »An dem Felsen beim Fluss / Wo sie reichte den Kuss, / Jenen ersten im Gras, / Seh‹ ich etwas! / Ist sie das?« Er hält das Liebchen vor sich, geht unsichere Schritte dem imaginären Holden entgegen und mit vor Freude zittriger Stimme dichtet er: »Stehe an der Stelle, / an jener Schwelle, / er zu meinen Knien, / zum ersten Mal! / Da, ich sehe ihn!« Und so war aus dem *Mailied* ein kleines Schauspiel geworden, das allerdings, anders als geplant, eine tragische Wendung am Ende erfuhr, da Timothy wie ein endorphingeschwängertes Huhn mit bis zu den Ohren angeklebten Mundwinkeln durch den Garten Richtung Terrassentür flitzte und die Liebste dabei umwarf und irreversibel zerstörte. Pete rannte ihm hinterher und erwischte seinen Bruder im letzten Moment an dessen T-Shirt und riss ihn zu Boden. Er erkundigte sich, ob alles in Ordnung sei mit ihm, was Timothy verschmitzt kichernd bejahte. Pete hakte nach: »Was ist denn passiert, dass du so über beide Ohren strahlst?« Er sang: »Das ist ein Geheimnis! Das ist ein Geheimnis! Ich werd‹s dir nicht sagen! Ich werd‹s die nicht sagen!« Aber Pete konnte es sich denken und überlistete seinen Bruder mit einem Ratespiel: »Also gut, ich habe einen Versuch, es zu erraten und wenn ich falsch liege, schüttelst du einfach den Kopf. Damit hast du von dir aus nichts verraten, okay?« Timothy war einverstanden. Pete riet: »Du bist mit Vater geflogen.« Sein Bruder nickte und sprudelte heraus: »Ich durfte sogar das Steuer übernehmen und eine Rolle fliegen. Und als wir wieder unten waren, hat Vater mir den Distinguished Flying Cross für den jüngsten Piloten aller Zeiten verliehen. Hier, schau mal.« Timothy holte den Orden unter seinem T-Shirt hervor und hielt ihn seinem Bruder stolz entgegen. Pete warnte ihn: »Lass das ja nicht Mutter wissen und tobe dich erst einmal aus, bevor du in die Küche rennst, sonst sieht sie dir an, dass du etwas weltbewegend Verbotenes erlebt hast.« »Okay! Kommst du morgen mit zum Hangar, dann zeige ich dir die Spitfire, mir der ich geflogen bin?« Pete zeigte sich nicht sonderlich begeistert: »Mal sehen.« Timothy versuchte seinen Hormonspiegel zu normalisieren, indem er sich einen Reitparcours aufbaute und als Pferd über die Hindernisse jagte, mehrmals den Pflaumenbaum hoch- und runterkletterte und einen Höhenrekord beim

Schaukeln aufstellen wollte, was seine Mutter hinausstürzend verhinderte. Zwei Stunden später hatte auch Helene das Geheimnis aus Timothy herausgelockt, was zu einem Streit zwischen den Eltern und einer unappetitlichen Stimmung beim Abendessen führte.

* * *

Timothy ließ Pete tagelang keine Ruhe mit seinem Wunsch, ihm sein Flugzeug zu zeigen. Schließlich tat er ihm den Gefallen, sein Prahlbedürfnis zu befriedigen und fuhr mit ihm mit dem Rad zu dem Fliegerhorst, wo ihr Vater arbeitete. Während der Fahrt überschwemmte Timothy Pete mit einer Flut technischer Daten über Länge, Spannweite, Antrieb, Höchstgeschwindigkeit, Reichweite, Startmasse, Bewaffnung, Motortyp seiner *Spitfire Mark XVIII* , die noch Tage später wie ein Ohrwurm in seinem Kopf nachhallten. Auch wenn Pete die Begeisterung seines kleinen Bruders für Militärflugzeuge nicht nachvollziehen konnte und sein Informationsbombardement schwer auszuhalten war, fühlte er sich ihm zum ersten Mal nahe, da er wusste, wie erhebend es ist, in seinem eigenen Spleen aufzugehen, alles andere auszublenden und in die eigene Welt einzutauchen; für Timothy war es die *Spitfire*, für Pete Goethe. Pete war überrascht, wie riesig das Gelände war. Von den wenigen Besuchen mit seiner

Mutter hatte er eine kleine Halle, in der sein Vater herumwerkelte, in Erinnerung, aber damals ging er auch noch nicht einmal in die Schule und hatte wohl noch keinen Blick für diese Dimensionen. Seine Mutter war seit Jahren nicht mehr hier gewesen, denn sie bekam jedes Mal eine Gänsehaut und Beklemmungsgefühle, wenn sie militärisches Gelände betrat, da es sie an die Jahre des Krieges erinnerte, in denen sie bei jedem Fluggeräusch zusammengezuckt und um Jack gebangt hatte. Deshalb verbot sie Jack, Timothy mit in die Luft zu nehmen und sah es auch nicht gern, dass ihr Jüngster ständig zu dem Fliegerhorst fuhr und sich so glühend für das Fliegen und die Maschinen begeisterte. Aber Timothy ließ es sich nicht verbieten und seinen Vater freute es insgeheim, dass sein Sohn diese Leidenschaft mit ihm teilte und wäre stolz darauf, wenn er in seine Fußstapfen als Pilot und Flugzeugingenieur träte. Mit der Selbstverständlichkeit, in der Timothy Pete über Rollbahnen, zwischen Verwaltungsgebäuden hindurch und an riesigen Hangars vorbei bis zu der kleinen Halle, in der sein Vater arbeitete, lotste und jedem entgegenkommenden Militär den korrekten Gruß durch Anlegen der gestreckten Finger der rechten Hand an die Schläfe, mit der Handfläche zum Gegrüßten, erwies, konnte man nicht den geringsten Zweifel daran haben, dass Timothy eine Karriere als Marshall der Royal Air Force antreten werde. Sie lehnten ihre

Räder an die Metallwand des Hangars und als sie die Halle betraten, hörte Pete die Stimme seines Vaters und eine weibliche Stimme, die ihm bekannt vorkam, weshalb er Timothy den Finger auf die Lippen legte und ihn hinter einen Container zog. Er erkannte Bettis Stimme: »Ich kann das nicht mehr. Immer wenn ich dich küsse, wenn wir zärtlich zueinander sind, sehe ich Jimmy vor mir, wie er zu Hause in seinem Lesesessel sitzt und um Luft ringt und wie seine Augen strahlen, wenn ich zu ihm komme, weil er sich über jeden Augenblick freut, in dem er noch bei mir sein kann; es wird nicht mehr lange dauern, dann wird er an das Bett gefesselt sein und im Sterben liegen. Es bricht mir das Herz und die Schuldgefühle ersticken mich.« Dann hörte man ein Schluchzen und tröstende Worte von Jack. Timothy wollte aufstehen und zu den beiden laufen, doch Pete hielt ihn zurück. Ihr Vater sagte: »Ich verstehe dich. Sag mir, wie ich dir helfen kann.« »Ich brauche Abstand. Es ist besser, wenn wir uns nicht mehr treffen. Ich möchte jetzt so gut es geht für Jimmy da sein. Jack, meinst du, er hat über die ganzen Jahre nie etwas gemerkt? Hast du mit ihm nie über mich oder uns gesprochen?«

»Wenn ich ehrlich bin, Betti, ich glaube, er ahnt es, auch wenn wir darüber nie ein Wort verloren haben. Ich kenne niemanden mit einem so sensiblen Gespür für die Befindlichkeiten anderer. Aber selbst wenn, er hegt keinen Groll gegen dich. Er weiß, dass du ihn liebst, zu ihm hältst und für ihn da bist, wenn er dich braucht. Ich denke, dass ist ihm das Wichtigste, egal, welche Dummheiten du ansonsten machst.«

»Was soll ich ihm antworten, wenn er es kurz vor seinem Tod wissen möchte und mich nach uns fragt? Ich kann ihn doch nicht mit einer bitteren Enttäuschung sterben lassen, oder? Würdest du ihn anlügen?«

»Ich bin sicher, dass er weder dich noch mich fragen wird. Falls ich mich täusche, gäbe ich zu, dass wir uns einige Male näher gekommen seien, aber mir dadurch umso deutlicher geworden sei, dass er deine Nummer eins gewesen sei und du ihn über alles geliebt hättest.«

»Ach Jack, ich hoffe, er fragt mich nicht, ich kann ihm weder die Wahrheit sagen noch ihn anlügen.«

»Wie kommt Julia mit seiner Krankheit zurecht?«

»Sie ist bezaubernd unbefangen, hockt nach wie vor jeden Abend auf seinem Schoß und lauscht seinem röchelnden Vorlesen. Wenn Jimmy die Stimme vor Rührung versagt oder weil ihm die Luft wegbleibt, drückt sie ihm einen Kuss auf die Wange und sagt: ›Daddy, das macht doch nichts. Soll ich weiterlesen, dann kannst du eine Pause machen?‹ Jimmy gibt ihr das Buch und sie erzählt die Geschichte auswendig weiter, wobei sie so tut, als läse sie.«

Die Brüder hören, wie ihr Vater mit zitternder Stimme sagt: »Sie liebt ihn sehr, nicht wahr? Es wird die ersten

Wochen sicher nicht leicht für sie sein, aber sie ist ein starkes und lebensfrohes Mädchen, sie wird über Jimmys Tod hinwegkommen.«

»Jack, ich möchte nicht schon von seinem Tod sprechen. Noch lebt er und meine Aufgabe ist es jetzt, ihm meine ganze Aufmerksamkeit und Liebe zu schenken und ihn auf seinem letzten Weg zu begleiten.«

»Wenn du mich brauchst, bin ich für dich da«, beteuerte Jack.

Als Pete hörte, wie Betti im Gehen sagte: »Ich muss jetzt los. Bye!«, packte er Timothy am Ärmel und rannte so leise wie möglich mit ihm aus der Halle. Sie sprangen auf ihre Räder und rasten um die nächste Ecke. Dort ließ sich Pete auf den Boden sinken und musste erst einmal durchschnaufen und das Gehörte verarbeiten. Timothy stand relativ unbeeindruckt neben ihm und fragte: »Hast du gewusst, dass Onkel Jimmy bald sterben muss?« Zum Glück hatte Timothy nicht wirklich kapiert, worum es ging und Pete antwortete erleichtert, wenn auch traurig: »Mir war klar, dass er sehr krank ist, aber dass es bereits so schlimm um Jimmy steht, hätte ich nicht gedacht! Dad scheint es auch ziemlich mitzunehmen. Ist ja auch verständlich, schließlich ist Jimmy sein bester Freund. Ich denke, wir sollten ihn jetzt erst einmal alleine lassen. Was hältst du von einem Eis? Dein Flieger läuft uns ja nicht weg. Du kannst ihn mir später zeigen, in Ordnung?«

Pete war überrascht, dass Timothy ohne zu murren einverstanden war und hätte nie gedacht, dass er sich einmal darüber freuen würde, seinem Bruder ein Eis zu spendieren.

* * *

Im Laufe der Jahre wurde Pete ohne sein Zutun zu einem Frauenschwarm. Der Schwarm der Frauen erlangte Ausmaße, die auf ihn am Ende der Mittelschule bedrohlich wirkten, sodass er froh war, als er auf die höhere Schule wechseln konnte, was das Problem allerdings verschlimmerte. Meist scharwenzelten etwas ältere Mädchen mit einer gehörigen Portion Selbst- und Stilbewusstsein um ihn herum, denn die Schüchternen hatten zu viel Angst, den Dunstkreis des jungen Dichters zu betreten. Da er sowohl als Schauspieler als auch als Stückeschreiber im Schultheater glänzte, außergewöhnliche Texte für die Schulzeitung schrieb und an zwei Nachmittagen eine Poetenwerkstatt mit Gleichgesinnten betrieb, die vierteljährlich ihre Texte in einer Anthologie herausgaben, wusste jeder, wer gemeint war, wenn man von dem Schreiberling - so die Neider - oder dem Literaten sprach. Sein Äußeres beförderte seine Aura nicht unerheblich: Er war groß und schlank, an der Grenze zur Schlaksigkeit, seine hellblauen Augen ließ er neugierig über seine Umgebung schweifen, als wäre er fortwährend auf der Suche nach Ideen für seine Texte. Zuweilen war er derart in seine poetische Welt versunken, dass man ihn anstupsen musste, wenn man seiner Aufmerksamkeit zuteil werden wollte. Das war ihm so unangenehm, dass er sich wegen seiner Unachtsamkeit entschuldigte, einen offen und herzlich mit seinen strahlenden Augen anschaute und man sich fortan sicher sein konnte, dass er einem seine volle Geistesgegenwart schenkte. Wenn man sich von seinem Blick losreißen konnte, blieb man nach einem kurzen Zwischenstopp bei seiner stupsigen Adlernase auf seinem exponierten Mund mit den vollen geschwungenen Lippen hängen, die seinem Gesicht einen erotischen, evagleichen Reiz gaben, den der ausladende Adamsapfel in männliche Schranken wies. Ungewöhnlich waren auch seine schwarzen Locken, die ihm unzähmbar um den Kopf flogen, was seiner Erscheinung einen exotischen Touch verlieh. Wer Pete gegenüberstand, war wie hypnotisiert, als hebelte sein Gesicht das Zeit-Raum-Kontinuum aus, sodass eine unbefangene oder sachliche Unterhaltung mit ihm nur zum Preis der Unterdrückung der eigenen ästhetischen Urteilskraft möglich war, da man ansonsten in entrücktem Wohlgefallen nichts auf den Begriff bringen konnte. So wundert es nicht, dass Pete nur zwei enge

Freunde hatte, die männlich und von hoher Intelligenz, aber niedriger Sensibilität waren. Die Damen, die ihn umschwärmten, hatten andere Bedürfnisse als gute Freundinnen oder eloquente Diskussionspartnerinnen zu sein und blieben meist in dem Stadium der hypnotischen Gesichtsanschmachtung hängen, klimperten unaufhörlich mit ihren Wimpern und fuhren sich ständig durch die Haare, was in Pete Unbehagen hervorrief , weshalb er versuchte, sich die Damen höflich vom Hals zu halten.

Erst als er als einziger Junge in der Oberstufe die Näh-AG besuchte, wurde seine weibliche Fangemeinschaft kleiner, da einige Damen befürchteten, dass er dem eigenen Geschlecht zugeneigter sei als dem ihrigen. Wer ihm beim Nähen auf die Finger geschaut hätte, dem wären seine zarten Hände mit den langen, schmalen Fingern aufgefallen. Auf dem Ringfinger der rechten Hand steckte ein selbst geschmiedeter Ring seines Patenonkels Jimmy, den er ihm zu seinem zehnten Geburtstag geschenkt hatte, einige Monate vor dessen Tod. Auf der Innenseite hatte Jimmy »for my little Goethe« eingraviert. Die beiden teilten die Leidenschaft für Literatur und Jimmy bewunderte den kleinen Pete für sein schriftstellerisches Talent und bestärkte ihn darin, mit dem Schreiben weiterzumachen und an sich zu glauben, egal was andere sagten. Pete nahm den Ring normalerweise zum Schlafen ab, aber es gab eine Periode während seines vierzehnten Lebensjahres, in der er ihn auch nachts trug, da der nächstgrößere Finger noch etwas zu dünn, der Mittelfinger allerdings schon ein wenig zu kräftig geworden war. So musste er sich entscheiden, ob er einen möglichen Verlust durch zu lockeren Sitz auf dem Ringfinger riskieren oder das allabendliche schmerzvolle Zerren an Ring und Finger vor dem Zubettgehen auf sich nehmen wollte. Er entschied sich zugunsten des schmerzvollen Rituals. Aber als der Ring selbst mit Seife und kaltem Wasser kaum noch vom Finger zu bekommen war, ließ er ihn einfach einige Monate auf dem zu dicken Mittelfinger stecken, bis er glaubte, dass sein Ringfinger so weit gewachsen war, dass sich eine letzte schmerzvolle Operationen lohnte, wofür er seinen jüngeren Bruder Timothy als Assistenzarzt engagierte, mit dessen grobschlächtiger Art er ansonsten wenig anfangen konnte, die aber in diesem Fall hilfreich war. Pete hatte Timothy gebeten, aus Vaters Hangar unbemerkt etwas Motoröl mitzubringen, das an jenem Nachmittag zur Operation bereit stand. Zur Vorbereitung tauchte er seine rechte Hand so lange in Eiswasser, bis er seine Hand nicht mehr spürte, tunkte den Finger in das Öl und hielt ihn Timothy hin, der krallte sich mit Handschuhen an dem Ring fest und zog mit seinem ganzen Körpergewicht. Die Eisanästhesie ließ nach und Pete wurde erst rot, dann weiß im

Gesicht, aber Timothy kannte keine Gnade. Es knackte und sein Bruder und der Ring flogen durch das Zimmer. Pete traute sich nicht auf seine Hand zu schauen; er befürchtete, dass ihm ein Finger fehlte, warf nach einigen tiefen Atemzügen dann doch einen vorsichtigen Blick auf seine Hand und zählte erleichtert fünf Finger, der betroffene sah ihm allerdings ein wenig aus dem Gelenk geraten und krumm aus, was aber auch an seinem vor Schmerz und Blutdruckabfall verschwommenen Blick liegen konnte. Timothy hatte den Ring inzwischen gefunden und hielt ihn Pete stolz entgegen. Auf dessen Nachfrage, ob er auch den Eindruck habe, dass der Finger etwas schief aussehe, sagte er »ja«, schnappte sich seine Hand und zog den Finger noch mehr aus dem Gelenk und ließ ihn in richtiger Position wieder einrasten, woraufhin Pete kurz in Ohnmacht fiel. Als er wieder aufwachte, war der Finger tatsächlich wieder in seine natürliche Lage zurückgesprungen und Jimmys Ring hatte sein neues Zuhause, den Ringfinger, gefunden.

* * *

Die Einzige, die sich in dem Nähkurs nicht von seiner Anwesenheit beunruhigen ließ, war Julia, Jimmys Tochter, die in den ersten Jahren relativ häufig bei ihnen zu Besuch war, aber mittlerweile die Nase voll hatte von ihrem sie aufdringlich anbaggernden Sandkastenfreund Timothy. Pete hatte sie als fröhliches und höfliches Mädchen in Erinnerung, aber da er als drei Jahre älterer und dazu noch für sein Alter ungewöhnlich weit entwickelter Junge mit anachronistischen literarischen Interessen in anderen Sphären schwebte, hatten sie bisher nicht viel miteinander zu tun gehabt und eigentlich wusste er kaum etwas über sie.

Aber an eine Situation erinnerte er sich sehr genau: In der Zeit nach Jimmys Tod war er einige Wochen in einer sehr traurigen Stimmung und schrieb den *Erlkönig* in ein Theaterstück um, in dem die siebenjährige Julia in die Rolle des sterbenden Knaben schlüpfte. Er galoppierte als reitender Vater mit ihr huckepack durch den Garten und Julias Stimme drang so voller Schmerz in seine Ohren, dass er jedes Mal zusammenzuckte, wenn sie ihre Verse mit den Worten: »Mein Vater, mein Vater«, begann und Mühe hatte, bei Kräften zu bleiben und weiterzugaloppieren. Aber bei ihrem letzten Einsatz: »*Mein Vater, mein Vater, jetzt fasst er mich an! Erlkönig hat mir ein Leids getan!*«, zitterten seine Beine und sein Kinn so sehr, dass er sich an seine eigenen Regieanweisungen nicht mehr halten konnte und das Kind schon während der vorletzten Strophe auf den Boden legte. Er hielt es in den Armen, beugte sich darüber und ächzte mit einem Kloß im Hals: »Mein Kind ist tot!« Julia öffnete ihre Augen erst, als ihr Petes Tränen auf die Stirn tropften. Sie schauten sich in die Augen und durch sie hindurch bis in ihre Herzen und waren in der gemeinsamen Trauer über den verstorbenen Vater beziehungsweise Patenonkel eins geworden. Vielleicht hatten sich in diesen Minuten in ihnen unbewusst eine Seelenverwandtschaft und ein tiefes gegenseitiges Vertrauen eingenistet, auch wenn ihre Wege sich danach wieder für beinahe zehn Jahre trennten, bis zu dem gemeinsamen Nähkurs. Julia nähte zunächst Designer-Kostüme nach Mustern aus Modezeitschriften, später kreierte sie sogar eigene Modelle, während Pete sich als eine Hommage an Goethes *Werther* an einem Anzug aus blauem Frack und gelber Weste zu schaffen machte, den er bei seiner Abschlussrede tragen wollte. Julia schneiderte, als hätte sie jahrelang nichts anderes gemacht und als sie Pete bei dem Schwalbenschwanz seines Fracks half und er ihr über die Schulter schaute, wie sie versunken die Linien auf den Stoff zeichnete, erinnerte er sich plötzlich an das Mädchen in seinem Arm bei der *Erlkönig*-Inszenierung damals und fragte sie, ob sie nicht beim Schultheater mitmachen wolle.

Er nahm sie zu den nächsten Theaterproben mit, von denen Julia so begeistert war, dass sie schon bald festes Ensemblemitglied wurde und als Höhepunkt in der zehnten Klasse ihre Namensvetterin in Shakespeares *Romeo und Julia* spielen durfte, worüber Pete enthusiastisch in seinem letzten Artikel für die Schulzeitung schrieb.

Lotte

In der Nacht nach dem gescheiterten Besuch bei Mutter in der Psychiatrie durchlebte ich einen vorgeburtlichen Albraum. Es wurde von außen auf mich eingeschlagen und ich in der Fruchtblase hin und her geschleudert, bis mir ganz schwindelig war. Jeder Schlag verursachte einen lauten Ton wie ein Schuss und mein ganzer Körper vibrierte. Ich versuchte mich an die Rückwand zu drücken, um möglichst weit von den Einschlägen entfernt zu sein, wurde aber immer wieder nach vorne katapultiert. Mein Herz raste, ich hatte wahnsinnige Angst, bei jedem Schrei zuckte ich zusammen und auf einmal spürte ich Stiche, mit denen gleichzeitig Wellen von Stromstößen durch meinen Körper flossen. Ich wurde ein letztes Mal von einem dumpfen Knall erschüttert, mein Körper wurde zusammengepresst, ich schluckte eine Menge Wasser und bekam kaum noch Luft. Und plötzlich Totenstille und immer ruhiger werdendes Wasser, in dem ich regungslos lag.

Als ich aufwachte, wusste ich, dass ich diesen Kampf mit dem Tod vor sechzehn Jahren in Wirklichkeit ausgefochten hatte und es drängte sich mir eine unerträgliche Gewissheit auf: Mutter wollte mich töten. Aber ich hatte ihr nicht den Gefallen getan, zu sterben, ich wollte leben. Was hatte sie gefühlt und gedacht, als ich mich nach ihrem Tötungsversuch wieder regte - vielleicht auf der Fähre, vielleicht im Zug - und sie spürte, dass ihr Tötungsvorhaben gescheitert war? Hass, Wut und Verzweiflung müssen in ihr hochgekommen sein. Vermutlich hat sie einen Plan geschmiedet, wie sie sich an dem Kind, das sich nicht hat töten lassen und wie ein Geschwür in ihr heranwuchs, rächen konnte. Ihr Plan wäre fast aufgegangen, wenn sie ihren Starrsinn so weit hätte bezähmen können, dass er sich auf der Zielgerade nicht gegen sie selbst gerichtet und sie in die Irrenanstalt gebracht hätte. Aber warum das Ganze?

Julia und Pete

In jenem Schuljahr 1965/66, als für Julia die Oberstufe begann, hatte sich Pete erfolgreich um ein Stipendium für eines der ältesten und seiner Meinung nach schönsten Colleges Englands beworben, das *Magdalen College* der Universität Oxford, um dort vergleichende Literaturwissenschaft mit dem Schwerpunkt kritisches Übersetzen zu studieren und er konnte es kaum erwarten, sich der Übersetzung Goethes ins Englische zu widmen. Die beiden hatten sich vor allem während ihrer hitzigen Sitzungen in der Poetenwerkstatt angefreundet, die Julia seit Beginn der elften Klasse besuchte und an der Pete auch nachdem er die Schule verlassen hatte noch einige Wochen bis zu seinem Studienbeginn im Herbst teilnahm. Als er im Oktober sein Internatszimmer in Oxford beziehen konnte, half Julia ihm bei dem Umzug. Sein Vater hatte ihm ein Transportfahrzeug der Royal Air Force besorgt, das er sich für den Umzug borgen durfte, bei dessen Anblick er allerdings Bedenken bekam, ob er in der Lage ist, dieses Monstrum zu steuern und ob er sich damit auf dem Gelände des Colleges sehen lassen sollte. Es war ein ziemlich gewaltiges, giftgrünes Gefährt, auf dem auf den Türen, der Motorhaube und den Reifenschutz-blechen in auffälliger Schrift zu lesen war, das es ein RAF UK Militärfahrzeug der Kompanie 123S77 vom Type 1500 war. Er wollte nicht den Eindruck erwecken, dass er mit dem Wehrdienst sympathisierte, nichts lag ihm ferner und er war heilfroh, dass Großbritannien die Wehrpflicht einige Jahre nach dem Zweiten Weltkrieg abgeschafft hatte. Um einem falschen Bild von sich bei seinen Kommilitonen vorzubeugen, hielten sie kurz vor Oxford an und Pete zog sein Werther-Kostüm an und setzte den dreispitzigen Hut auf. So würde niemand auf die Idee kommen, von dem Fahrzeug auf eine militärische Gesinnung bei ihm zu schließen. Den Aufzug hätte er sich sparen können, denn statt ihn *darauf* anzusprechen oder zu bemerken, dass er sich damit als Goetheverehrer dekuvrierte, bestaunten die Studenten das Fahrzeug und verwickelten ihn in ein Gespräch über die bedeutendsten Luftoffensiven der Royal Air Force und bewunderten ihn für seinen Vater, der sich offensichtlich als mehrfach ausgezeichneter Pilot der Royal Air Force einen Namen gemacht hatte, was Pete weder wusste noch besonders interessierte.

Auch wenn Pete die Begeisterung für Englands Militärgeschichte nicht mit den Kommilitonen, teilte, waren es doch freundliche Genossen, die ohne zu zögern mit anpackten und halfen, seine Koffer und Kisten in sein Zimmer zu tragen, das zwar wunderschön, aber unter dem Dach gelegen war. Das hieß, dass jedes Mal siebenundneunzig glatte, knarzende Holzstufen bewältigt werden mussten. Zu zweit hätten Julia und Pete das kaum an einem Tag geschafft, zumal ihre Staturen nicht gerade die von Möbelpackern waren und die anderen Helfer in Sorge zu sein schienen, ob sie mit Gewicht beladen überhaupt oben ankämen. Deshalb versuchten sie Julia höflich davon zu überzeugen, das Schleppen ihnen zu überlassen, worauf sie sich allerdings nicht einließ. So gaben sie ihr möglichst unauffällig nur die leichtesten Sachen von der Ladefläche herunter, als wären diese zufällig gerade die nächsten, und nahmen ihr die schweren ab, falls sie sich selber welche aufgehalst hatte.

Zwei Stunden später war alles oben und die Kommilitonen saßen erschöpft zwischen den Kisten in Petes Zimmer. Er holte einen Korb voller Proviant aus dem Wagen, den seine Mutter ihm mitgegeben hatte und der für ein Picknick für zwei Großfamilien gereicht hätte. Seine Studienkollegen machten sich über die berlinerischen Köstlichkeiten her und bekamen den Mund nicht mehr zu vor Rollmöpsen, Buletten, Kassler, Pfannkuchen, Krapfen und Streuselschnecken. Nur die Blutwurst rührten sie zunächst nicht an, weshalb Pete ihnen erzählte, dass seine Mutter sich damit einen Ruf als Heldin der Blutwurst in ganz Kingsbury Green aufgebaut habe und regelmäßig Bewohner des Ortes bei ihr Bestellungen aufgäben, wenn irgendein Fest bei ihnen anstehe. Es wäre daher ein Sakrileg, probierten sie ausgerechnet diese Spezialität nicht. Sie griffen erst kleinportioniert, dann von Genusslauten begleitet beherzt zu, sodass die Blutwurst als erste vom Büfett verschwunden war, gefolgt von den Krapfen, die sich nach einem kleinen Zwischentief, das bei Julia und Pete einen Lachanfall ausgelöst hatte, größter Beliebtheit erfreuten. Jerry hatte nämlich in Erwartung eines süßen Gebäcks in einen würzigen Senfkrapfen gebissen und spuckte den scharfen Bissen reflexartig aus. Er entschuldigte sich damit, dass irgendetwas mit dem Krapfen nicht stimme. Pete erklärte, dass es in Berlin traditionell zweierlei Krapfen gebe: mit Marmelade und mit Senf gefüllte, letztere eigentlich nur zu Karneval, aber weil sie sie so gern äßen, habe seine Mutter sich überreden lassen, sie ganzjährig zu backen. Den Unterschied erkenne man daran, dass die süßen Krapfen mit Puderzucker und die würzigen mit Kümmelsamen bestreut seien.

Nach dem Spezialitätenmahl saßen sie noch eine Weile zusammen und Pete erfuhr einiges über das Zusammenleben im Internat und lauschte amüsiert den Anekdoten über berüchtigte Lehrkörper. Seine Kommilitonen bedankten sich für das Essen und baten Pete, seiner Mutter auszurichten, dass sie noch nie so etwas Außergewöhnliches und seit Langem nichts so

Gutes gegessen hätten. Pete und Julia fingen noch an, einige Kisten auszupacken, waren aber so erledigt, dass Pete darauf bestand, es für heute gut sein zu lassen und sich auf den Heimweg zu machen. Er werde morgen einen frühen Zug nehmen und habe dann den ganzen Tag Zeit, alles auszupacken und sich einzurichten, bevor es am übernächsten Tag mit dem Studium losginge.

Auf der Rückfahrt am Abend versuchten sie sich mit lauter Musik, Kaffee oder indem sie den Kopf aus dem Fenster streckten, wachzuhalten. Nach zwei Stunden Fahrt hielt Pete vor Julias Haustür, wollte sie noch hineinbegleiten, aber sie lehnte dankend ab, sie falle sofort ins Bett und bis zur Tür werde sie es wohl noch alleine schaffen, wobei er sich da gar nicht so sicher war, so wie sie schwankte. Sie drehte sich noch einmal um, warf ihm einen Handkuss entgegen, den er erwiderte, er wartete, bis sie die Tür hinter sich geschlossen hatte und fuhr nach Hause.

Pete war vom ersten Tag an von seinem neuen Leben als Student und von dem inspirierenden College begeistert und schrieb Julia gleich am Ende der ersten Woche einen euphorischen Brief, in dem er sie einlud, ihn so bald wie möglich zu besuchen, er müsse ihr so vieles zeigen.

* * *

Am nächsten Wochenende fuhr Julia mit dem Zug nach Oxford, wo Pete sie mit dem Rad vom Bahnhof abholte.

In Petes Zimmer fühlte sich Julia, als beträte sie einen Ort in ihrem Inneren, an den sie sich jederzeit zurückziehen und wohlfühlen könne, abgeschirmt von der quirligen Außenwelt. Genau so wünschte sie sich auch ihr erstes eigenes Zuhause. Ihr stiegen Düfte von Holz und Leder in die Nase, aber da waren noch andere, betörende Nuancen, die gleichzeitig frischminzig und intensiv wie Lakritz rochen. Die Quelle dieses Duftes stand auf einem Bücherregal: ein großer Strauß rosafarbener, blauer und tief violetter Blumen. Julia steckte ihre Nase hinein und sog diesen Wohlgeruch tief ein. Pete erzählte ihr, dass er auf seiner Erkundung des Geländes und der weitläufigen Parkanlage wunderschöne bunte Blumengärten entdeckt habe. Da er seit jeher großes Interesse an Pflanzen und eine Schwäche für duftende Blumen habe, habe er am nächsten Tag die Gärtnerei des Colleges aufgesucht und sich lange mit einem Gärtner über diese Blumenpracht unterhalten, die er im Oktober so noch nirgends in England gesehen habe. Er durfte sich einen Strauß zusammenstellen und hatte sich für die Nesseln entschieden. Seiner Meinung nach verleihen erst Blumen einem Zimmer jene unentbehrliche Sinnlichkeit, die er zum Arbeiten brauche. Sie seien seine Duftmuse und wie Medizin für ihn: Wenn er sich nicht gut fühle, schaue er die Blumen an und unwillkürlich werde sein Atem tiefer, er entspanne sich und es rege sich ein Lächeln in seinem Gesicht. Julia drehte sich zu ihm um und er sah, dass sich seine Worte in ihrem Gesicht widerspiegelten: »Siehst du, du strahlst gerade auch, als hättest du deine Nase in etwas Verbotenes gesteckt.«

Benebelt von dieser Empfindung und der Atmosphäre dieser Oase hatte sie Petes Worte gar nicht richtig wahrgenommen, sondern ergriff unbewusst seine Hand und schaute ihn mit glänzenden Augen an. Erfreut fragte er: »Es gefällt dir?«

Julia schüttelte den Kopf: »Nein, mehr als das, es ist bezaubernd!« Sie zog ihre Schuhe und Strümpfe aus, um die dunklen Holzbohlen unter ihren Füßen zu spüren, die sicher schon Hunderte von Jahren alt waren; sie durchquerte das Zimmer von der Tür bis zum gegenüberliegenden Fenster und fühlte bei jedem Schritt die Erhebungen, die Rillen, die kleinen Löcher, die Maserung des Holzes. Unter dem Fenster stand ein Schreibtisch, auf denen Fotos von Goethe, Schiller und Shakespeare standen. Vom Schreibtisch aus blickte man auf eine weitläufige Parklandschaft, durch die sich ein Fluss schlängelte, der einen stockenden Schreibfluss wieder ins Fließen bringen oder zumindest darüber hinwegtrösten könnte. In der gegenüberliegenden Zimmerecke schwebte eine pompöse limettenfarbige Bogenlampe über einem alten Chesterfield-Sessel. Julia musste lachen, als sie die Lampe erblickte, da sie überhaupt nicht zu den anderen Möbeln passte. Pete lächelte und sagte: »Genau deshalb habe ich die Lampe von meinem Vorgänger übernommen, der sie nicht mehr haben wollte und ansonsten wahrscheinlich weggeworfen hätte. Damit man auch etwas zu lachen hat in dem Zimmer, in dem man ansonsten droht vor Ehrfurcht zu erstarren, es gibt ihm einen kleinen ironischen Ausgleich.« Auf dem Beistelltisch lag ein Buch, aus dem lauter kleine Merkzettelchen heraus-ragten - Pete laß kein Buch gedankenlos, sondern markierte sich die Stellen, die ihn besonders beein-druckten, über die er noch einmal genauer nachdenken wollte oder die ihm Ideen für seine eigenen Texte lieferten -, weshalb bei ihm selbst ein Schundroman so aussah, als arbeite er sich durch ein kompliziertes Sachbuch. Neben dem Buch lagen außerdem ein Notizbuch und ein Lederetui mit einer kleinen Auswahl an Füllfederhaltern, ohne die Pete nie aus dem Haus ging. In der Nähe des Sessels stand eine kleine Vitrine, auf deren oberen Regal Petes komplette Füllfeder-halter-Sammlung auslag. Da alle seine Verwandten und Freude von dieser Sammelleidenschaft wussten, hatten einige ihm welche aus ihrer eigenen Schulzeit geschenkt oder ihm das ein oder andere Exemplar, das sie auf Reisen aufgestöbert hatten, mitgebracht. Zudem durchkämmte Pete jeden Flohmarkt in London und Umgebung nach antiken Füllhaltern, sodass er sich mittlerweile an einer beachtlichen Auswahl erfreuen konnte. Julia bestaunte jeden einzelnen.

Pete sagte: »Ich wusste gar nicht, dass du dich so für Schreibgeräte interessierst.« »Ich auch nicht, aber sie sind wunderschön, allein dafür lohnte es sich, Schriftsteller zu werden. Ich beneide dich darum.« »Ich hoffe, ein Fünkchen mehr um mein Geschreibsel als um die Füllersammlung?« »Naja, Erzeugnisse deiner legendären poetischen Ader habe ich bisher kaum zu lesen bekommen. Das meiste waren journalistische Texte oder Rezensionen in der Schulzeitung. Ach ja, vielen Dank noch einmal für den lobenden Artikel über meine Rolle als Julia in der letzten Ausgabe.« »Du warst atemberaubend, du solltest auf jeden Fall dabeibleiben.« »Um ehrlich zu sein, fasziniert mich gerade eher die Modebranche.« Pete nickte ihr zustimmend zu: »Ja, das kann ich mir für dich auch sehr gut vorstellen, so wie du mit Schere und Nadel umgehst, könntest du die nächste Vivienne Westwood werden.« »Ich dachte eher an Brigitte Bardot, ich würde die Klamotten lieber glamourös präsentieren als herstellen.« »Du meinst, du möchtest Model werden?«, fragte Pete leicht gehemmt. »Warum nicht? Traust du mir das nicht zu?« Ohne zu zögern sprudelte es aus ihm heraus: »Nein, nein, ich meine ja, doch, ganz und gar.« Kurze Pause, er blickt sie sanft an: »Julia, du bis das schönste Mädchen, das ich je gesehen habe. Deshalb habe ich nicht gezögert, es kommt bloß überraschend, denn ich hätte dich so nicht eingeschätzt.«

»Was meinst du mit ›so‹?« »Naja, so …, es ist schwierig, die richtigen Worte dafür zu finden, darf ich einfach sagen, was ich denke, ohne dass du es als Angriff oder Kritik auffasst?« »Klar, keine Sorge, ich habe ein beachtliches Selbstwertgefühl und bitte dich um deine ehrliche Meinung. So kenne ich dich gar nicht: Ich habe den Wortkünstler ja ganz schön zum Stottern gebracht.« »Sieht so aus. Ich verbinde mit dem Modeln irgendwie etwas Anbiederndes, unnatürliches Zur-Schau-Stellen, eine Fleischbeschau, bei der die Persönlichkeit oder gar der Esprit keine Rolle mehr spielen. Und das fände ich in deinem Fall sehr schade.« »Ich glaube, das war das zweite Kompliment für heute, oder?«

»Ja, wie sagtest du vorhin? Mehr als das!«

Es trat jener Schwellenmoment ein, in dem man entweder in den Augen des anderen versinkt, sich ein Kribbeln im Körper ausbreitet, die Steuerung tieferliegende Instanzen übernehmen und man zum Küssen übergeht oder Angst vor seinen Gefühlen bekommt und gerade noch rechtzeitig dem Blick und dem

Lippenbekenntnis ausweicht. Ihre Nasen bewegten sich langsam aufeinander zu und Pete senkte den Blick. Wovor fürchtete er sich? Dass sie ihm zu viel bedeute und es für sie nur eine Laune sei? Dass er es nicht richtig hinbekomme, weil er noch nie mit einem Mädchen zusammen war, obwohl er fast zwanzig Jahre alt war? Dass sie drei Jahre jünger und damit noch nicht volljährig war? Pete räusperte sich verlegen, um sich aus der Intimität zu befreien und versuchte an ein Davor anzuknüpfen, das es nicht mehr gab, da die Augen sich des gegenseitigen Begehrens versichert hatten. Julia ging mit der Situation unbefangen um, als wären sie auf dem Weg zum Kuss bloß falsch abgebogen und kämen nach einem kurzen Umweg, auf dem sie Pete Richtung Leseecke führte, wieder an der richtigen Stelle an. Sie hatte scheinbar Erfahrung mit dem Übertreten jener Schwelle und schubste Pete auf den Sessel, setzte sich auf seinen Schoß, fand in seinen Augen erneut das Begehren und hielt dieses Mal zur Sicherheit seinen Kopf in ihren Händen, damit er nicht wieder einen Rückzieher machte. Als ihre Lippen sich berührten, löste sich bei Pete jede Beklemmung und sie entdeckten einen berauschenden Reichtum züngelnder Befrie-digungsmöglichkeiten.

* * *

Es folgte das glücklichste Jahr ihres Lebens, auch wenn sie sich nur jedes zweite Wochenende sahen, und sie freuten sich bereits darauf, nach Julias Schulabschluss zusammenzuziehen. Zu Beginn der Semesterferien im Sommer 1966 besuchte Pete seine Eltern in Kingsbury und verbrachte die Tage dort gemeinsam mit Julia. Die Stimmung in der Familie war allerdings so angespannt, dass die beiden sich kaum zu Hause aufhielten, denn Timothy fühlte sich von seinem Bruder hintergangen und gedemütigt, da er ihm seiner Meinung nach Julia kurz vor dem Ziel seiner jahrelangen Umwerbungs-bemühungen weggeschnappt habe und weil sich Petes Mutter der Beziehung zwischen ihrem Sohn und der Tochter ihrer ehemals besten Freundin Betti sehr abgeneigt gegenüber verhielt. Pete wunderte sich darüber und sprach sie darauf an. Sie gab zu, dass sie Bedenken habe, dass er sein Studium oder Julia die Schule vernachlässige und außerdem sei sie zu jung für ihn und sie befürchte, dass auch Betti etwas gegen diese Verbindung haben könnte. Sie riet ihm, die Beziehung zu beenden oder sich zumindest etwas zurückzuhalten und es langsam angehen zu lassen. Helene hoffte, dass Julia jemand anderen in der Nähe und in ihrem Alter fände, wenn sie sich nicht mehr so oft sähen. Pete wusste, dass etwas anderes dahinter stecken musste, denn diese Einstellung passte überhaupt nicht zu seiner Mutter und die Argumente waren an den Haaren herbeigezogen. Julia war sehr gut in der Schule und auch er widmete sich dem Studium mit großem Enthusiasmus, zudem wurde sie in wenigen Monaten achtzehn und dass Julias Mutter Einwände gegen die Beziehung hätte, konnte er sich auch nicht vorstellen, Betti und Jimmy waren bis zu dessen Tod wie eine zweite Familie für ihn gewesen.

Daher war das Liebespaar froh, als die Schulferien endlich begannen und es sich für sechs Wochen in Petes Liebes- und Musennest nach Oxford verabschieden konnte. Dort suhlten sie sich in einer rauschhaften Routine, die sich ab dem ersten Tag wie von alleine ergab, sodass Überlegungen, Absprachen oder gar Kompromisse darüber, wie man die Tage am produktivsten ausfüllte oder wer welche Aufgaben zu übernehmen habe, nicht ein einziges Mal auftraten. Sie wachten in dem Einzelbett ineinander verschlungen auf, gaben sich im Halbschlaf den ersten erotischen Regungen hin, zogen Badeanzug und Badehose an, darüber Sportsachen, tranken in der Küche ein Glas frisch gepressten Saft, Julia hängte sich das Schlüsselband um, Pete band sich ein Handtuch um die Schultern, steckte ein paar Shilling für die Bäckerei ein und dann liefen sie durch den Park, zunächst am Cherville-River, dann einige Kilometer an der Themse entlang, die sie an der ersten Brücke überquerten. Auf der anderen Seite liefen sie zurück durch ein Waldgebiet bis zu einem kleinen See, in den sie Hand in Hand über einen Steg rennend hineinsprangen und einige Minuten im Wasser herumtollten, wie es junge Verliebte tun: sich gegenseitig Wasser ins Gesicht spritzen, die Köpfe unter Wasser drücken, die Beine um den Körper des anderen wringen, sich küssen und befingern. Derjenige, der als Erster an der Uferböschung aus dem See geklettert und an ihren abgelegten Sachen angekommen war, durfte zuerst das Handtuch benutzen beziehungsweise wurde abgerubbelt, während der andere bibbernd ausharrte und mit einem feuchten Handtuch vorlieb nehmen musste. Meistens gewann Julia oder Pete ließ sie unauffällig gewinnen. Kurz vor dem College sprangen sie schweißgebadet in Oxford‹s Bakery, ihre Lieblingsbäckerei, um sich mit Scones für das Frühstück einzudecken. Während Pete unter der Dusche war, deckte Julia den Tisch und setzte Kaffee für ihn und einen Assam für sich auf und während sie duschte, bereitete Pete für beide ein Omelette zu und lief hinüber in das Hauptgebäude, um den abonnierten *Guardian* aus seinem Postkasten zu holen. So saßen sie bis weit in den Vormittag hinein schmatzend vor Vergnügen über Scones mit Clotted Cream und Omelette und jeder mit einem Teil des Guardian; Pete las zuerst das Feuilleton, Julia den Politikteil, wobei ein späterer Tausch beinahe überflüssig war, da sie sich stetig unterbrachen, weil sie etwas so Bemerkenswertes gelesen hatten, dass sie den Drang verspürten, sich unverzüglich darüber auszutauschen oder weil es sie glücklich machte, gemeinsam über Amüsantes zu lachen, über Interessantes zu staunen oder die Rührung über Herzergreifendes zu teilen. Nach dem Frühstück arbeitete Pete in der Bibliothek an einer Hausarbeit über die Widerspiegelung der Wertvorstellungen in den englischen Übersetzungen des Romans *Die Leiden des Jungen Werther* in den vergangenen einhundertachtzig Jahren, während Julia sich in seinem Zimmer eine kleine Schneiderei herrichtete. Sie stellte die Reisenähmaschine, die ihre Mutter ihr bei ihrem Umzug nach Deutschland vor einem Jahr zum Abschied geschenkt hatte, auf den Schreibtisch, legte sämtliche Nähutensilien drumherum, entwarf in ihrem Skizzenblock Kostüme und entwickelte auf ihre Maße abgestimmte Schnittmuster, die sie auf mehrere Blätter zeichnete und auf dem Boden ausbreitete. Wenn die Kräfte nachließen, der Magen knurrte oder die Sehnsucht nach dem oder der Liebsten zu groß wurde, gingen sie in die Küche, um schon einmal das nachmittägliche Picknick vorzubereiten und freuten sich, dass der andere zur gleichen Zeit die gleichen Bedürfnisse hatte und man zusammen in der Küche eintraf.

An ihrem Lieblingsplatz unter einer Eiche im Wildtierpark breiteten sie Sandwiches und selbst gebackenen carrot cake, Petes Spezialität, Tee und Kaffee auf einer Decke aus. Trotz Tea Time trank Pete Kaffee, an Tee konnte er sich nicht gewöhnen. Auch zu Hause drifteten die Kulturen zur Tea Time auseinander, seine berlinerische Mutter trank Kaffee, sein englischer Vater Tee und diesbezüglich kam Pete nach seiner Mutter. Julia dagegen mochte am liebsten einen kräftigen Assam mit Milch und Zucker. Sie fragte Pete, wie er mit Goethes *Werther* vorangekommen sei. Beide kannten den Briefroman gut, da die Briefe Werthers ihnen in Phase eins ihrer Beziehung, in der der Hormonüberschuss den reflektierten Umgang mit sich und dem anderen verhinderte und man in einem ununterbrochenen Sturm-und-Drang-Modus existiert, als Blaupause ihrer eigenen Liebesbriefe dienten, die sie sich in den ersten Monaten in Fülle schrieben.

Pete erzählte ihr überschwanglich von seinen faszinierenden Entdeckungen über die großen Unterschiede der Übersetzungen und deren Auswirkungen auf das Verständnis des Inhalts: »Die angeblich erste Übersetzung aus dem Deutschen in das Englische ist die von R. D. Boylan von 1864 mit dem Titel *The Sorrows of Young Werther*, so behauptet er jedenfalls in seinem Vorwort, aber das muss ich noch einmal genauer recherchieren. Das hieße, dass vorherige englische Ausgaben aus französischen Fassungen übersetzt wurden. Ich habe mich heute Vormittag ziemlich lange mit einer Textstelle auseinandergesetzt, die meiner Meinung nach unpassend übersetzt wurde und wüsste gerne, was du dazu sagst. Werther verwendet in seinem Brief vom 14. Dezember die Metapher: ›*Mein Auge schwamm in der Trunkenheit des Ihrigen!*‹ Und jetzt hör dir an, was Boylan daraus macht: ›My sight became confused by the delicious intoxication of her eyes.‹«

»Das ist ja furchtbar. Mit so einem Brief hättest du mich nicht nur aus meiner verliebten ›Trunkenheit‹ herausgerissen, sondern mich an deiner Liebe zu mir zweifeln lassen«, meinte Julia.

»Und wenn ich mir vorstelle, dass du mich ›confused‹ anblickst statt in meinen liebestrunkenen Augen zu schwimmen, käme ich mir ziemlich einfältig vor«, fügte er hinzu.

»Ich verstehe auch nicht, warum er sie nicht direkt anredet, sondern über sie spricht, als sei sie ein Objekt«, sagte Julia.

»Zu dieser Objektivierung passt auch, dass Boylan nie den intimeren Spitznamen ›Lotte‹, sondern den vollständigen Namen ›Charlotte‹ verwendet«, bemerkte Pete.

Julia zieht ein empörtes Fazit: »Also, ich halte es für einigermaßen unglaubwürdig, dass jemand sich wegen einer objektivierten Charlotte, von der er in der dritten Person spricht, umbringt. Würdest du dich umbringen, wenn ich dich verließe?«

»Ohne zu zögern!«, antwortete Pete, »und du?«

»Vielleicht. Aber jetzt mal ehrlich, ganz unwertherisch!«

»Nein! Aber ich wäre die kämpferische Version von Werther, denn ich würde dir so lange ein Gedicht nach dem anderen schreiben, bis du zu mir zurückkämest.«

»Das ist ein verlockendes Versprechen, dafür lohnt sich eine Trennung ja richtig.«

»Das war wohl ein Eigentor, aber es schmeichelt mir, dass du meine Dichtkunst in so hohem Maße würdigst.«

»Ach, mein lieber Werther! Ich hoffe, dass du mir deine Kampfkunst nie unter Beweis stellen musst. Zeig mir mal lieber, ob du auch mit Kugeln umgehen kannst.«

»Du meinst, falls alles Dichten nicht hilft und ich mir doch eine Kugel in den Kopf jagen wollte?«

»Aber nein, ich meine unser heutiges Boulematch, das noch aussteht.«

Die beiden spielten ein paar Runden Boules, bevor am späten Nachmittag der schöpferische Teil des Tages begann, während dem Pete sich an den Schreibtisch setzte und an seinen Dramen schrieb und Julia ihre Mußestunden in dem Lesesessel damit verbrachte, Tagebuch zu schreiben oder sich in den Texten ihres Lieblingsautors John Steinbeck zu verlieren. Durch Steinbeck blieb sie zu ihrem Vater über dessen Tod hinaus verbunden, denn statt Märchen hatte Jimmy seiner Tochter Steinbecks Erzählungen vorgelesen und wenn sie heute, zehn Jahre später, Werke von ihm las, die ihr Vater nicht mehr kennenlernen durfte, sah man, wie sie dabei ihre Lippen bewegte und vor sich hin murmelte, da sie das Gefühl hatte, dass ihr Vater bei ihr war und ihr zuhörte. Am Abend gingen sie meist in die Old Kitchen Bar, wo sie günstige und leckere Snacks bekamen und anschließend Billard oder Darts spielten, bis ihr gegenseitiges Verlangen sie ins Bett lockte und der Tag einen erregten Abschluss fand.

Wenn Pete seinen Ring vor dem Einschlafen neben dem Bett in einer kleinen Schale ablegte, schickten sie Jimmy einen imaginären Gute-Nacht-Kuss und schwelgten in Erinnerungen an ihn. Eines Abends fragte Julia: »Warum war - und ist - er dir eigentlich so wichtig?« »Er hielt mich als Einziger nicht für einen Spinner, sondern für ein kleines Genie und zeigte großes Interesse an meinen kindlichen Schreibversuchen und nahm mit Freude an meinen Theaterinszenierungen teil. Immer wenn er zu Besuch kam, rief er als erstes nach dem kleinen Goethe und wollte wissen, was ich Neues ausgebrütet habe.

Und weißt du, was ich ihm nie vergessen werde? Er hat meine Texte wirklich Ernst genommen. Wenn ich meiner Mutter etwas vortragen wollte, dann hieß es oft: ›Jetzt habe ich keine Zeit, mein Schatz, später vielleicht‹ oder: ›Aber nur, wenn es nicht so lange dauert.‹ Damit hat sie mir eigentlich schon die Freude genommen und mir das Gefühl gegeben, dass sie es mir zu Liebe erträgt, aber selbst das nur, wenn es schnell geht. Ich versuchte ihr trotzdem immer wieder Wertschätzung abzuringen und legte dazu übertriebenes Pathos in meine Vorträge. Sie stand währenddessen entweder ungeduldig vor mir oder beschäftigte sich gleichzeitig mit Wichtigerem wie waschen, spülen, Löcher stopfen, kochen und ich weiß nicht was alles. Und das Schlimmste war, wenn sie gar nicht merkte, dass mein Vortrag zu Ende war, sondern erst reagierte, wenn ich sie fragte: ›Und, wie hat es dir gefallen?‹, worauf sie jedes Mal ausweichend antwortete: ›Mein kleiner Luftschlossbauer, woher nimmst du nur diese ganzen Hirngespinste?‹ Da war es schon eine Wohltat, wenn mein Vater sich abends oder am Wochenende die Zeit nahm und sich in Ruhe meine, wie er immer sagte, Fantasiegebilde amüsiert anhörte oder anschaute und immerhin zu dem - wenn auch immer gleichen - Urteil kam: ›Fantastisch! Du wirst bestimmt einmal ein zweiter Dickens‹, wobei er mir die Haare zerzauste und mich mit sich auf den Boden warf und einen spielerischen Ringkampf ausfocht. Er hatte wohl das Bedürfnis, der poetischen, weichlichen Seite seines Sohn die notwendige Portion Männlichkeit hinzuzufügen. Da mir nicht klar war, was meine Goethe-Adaptionen mit Charles Dickens zu tun hatten, fragte ich ihn nach der Rangelei danach. Er sagte, dass er doch dieses bekannte Buch geschrieben habe: Oliver Twist.

Wahrscheinlich war das der einzige Autor, von dem Vater je ein Buch gelesen hatte. Goethe und Dickens hatten also gemeinsam, dass sie ein bekanntes Buch geschrieben haben. Ich nahm es einfach als ein unpassendes Kompliment an und freute mich auf den nächsten Besuch von Jimmy.

Im Gegensatz zu meinen Eltern hörte er sich meine Texte konzentriert an und nahm sie so Ernst, dass er einige Stellen noch einmal hören wollte, Fragen dazu stellte und mir kritisch sagte, was ihm gut gefallen habe und was nicht. Er wollte sogar wissen, welche Projekte ich als nächstes im Kopf habe und steuerte eigene Ideen dazu bei. Manchmal hat er mir von seinen Lieblingsbüchern erzählt, er konnte sie so ergreifend und genau nacherzählen, als hätte er sie schon viele Male gelesen.« »Das hat er auch, es verging kaum ein Tag, an dem er - und ich - ohne ein paar Zeilen Steinbeck ins Bett gegangen wären. Wusstest du, dass er Steinbeck sogar einmal persönlich getroffen hat?«

»Ja, Jimmy hat mir von seiner Begegnung mit Steinbeck während des Kriegs erzählt. Er habe ihn 1943 in Italien als Kriegsberichterstatter kennengelernt, von wo aus die Royal Air Force zusammen mit der 15. US-Luftflotte mehrere Einsätze geflogen habe.

Und wenn ich mich recht erinnere, schenkte Steinbeck ihm damals ein signiertes und mit einer Widmung versehenes Exemplar der Erzählung *The Red Pony*, oder?«

»Ja, das stimmt. Seitdem mochte er nicht nur dessen Bücher, sondern hielt ihn auch persönlich für einen prima Kerl. Vater war ganz erstaunt darüber, wie offenherzig, unprätentiös und gerührt der damals bereits renommierte Pulitzer-Preisträger gewesen sei, als er ihm gegenüber seine Bewunderung zum Ausdruck gebracht habe. Ich erinnere mich noch daran, wie er mich abends fragte: ›Und möchtest Du wieder etwas von dem prima Kerl hören?‹ und wie herzlich er lachte, wenn ich ihm zuvorkam mit der Frage: ›Liest du mir aus dem prima Kerl vor?‹«

»Weißt du noch, was er dir als letztes vorgelesen hat?«, fragte Pete.

»Ja, es war genau diese Erzählung, die ihn persönlich mit Steinbeck verband: *The Red Pony*. Und ich kann dir sogar noch den letzten Satz sagen, an dem wir stehengeblieben waren, als der Lungenkrebs seine Stimme erstickte: ›She [does] not stop her swaying nor look around.‹ Am nächsten Tag ist er gestorben.«

Pete schluckte seinen Kloß im Hals herunter und sagte: »Das ist zu traurig.«

»Und es wird noch trauriger, wenn du weißt, wie die Szene weitergeht: Billy Buck tötet die gebärende Stute, um das Fohlen zu retten, aber der kleine Jody bekommt das Bild der getöteten Stute mit dem neben ihr liegenden blutigen Fohlen nicht mehr aus dem

Kopf. So wie sich der Anblick meines erstickenden, auf seinem vom Bluthusten rotfleckigen Kissen liegenden Vaters in mein Hirn eingebrannt hat.« Pete strich ihr tröstend über den Kopf und nach einer Weile des Schweigens fragte er: »Konntest du die Geschichte später zu Ende lesen oder waren die Erinnerung an dieses Erlebnis so schmerzhaft, dass erst Gras darüber wachsen musste? Uups, entschuldige den schwarzen Humor. Das ist mir unabsichtlich herausgerutscht.«

»War aber trotzdem gut. Nein, ich habe nicht gewartet, bis auf Jimmys Grab Gras gewachsen ist. Ich war erst sieben Jahre alt und habe es damals als weniger schlimm erlebt als meine Mutter und als man es sich aus heutiger Sicht, als Erwachsener, vorstellt. Ich wusste gar nicht so genau, was Vater durchgemacht hatte und was es bedeutete, dass er jetzt in dieser Grube auf dem Friedhof lag. Er hat seine Schmerzen so gut es ging vor mir verborgen und auch Betti war ziemlich tapfer und hat ihre Trauer mir gegenüber versucht zurückzuhalten. Da ich noch nicht so flüssig lesen konnte, bat ich sie am nächsten Abend, ab der Textstelle weiter vorzulesen, bis zu der Vater gekommen war. Nach dieser Szene sind wir beide in Tränen ausgebrochen, Betti vermutlich wegen Jimmy, ich wegen der toten Stute. Als ich am nächsten Abend wieder mit dem Buch auf ihren Schoß kletterte, schaute sie mich leidend an, als verlange ich etwas Unmögliches von ihr und fragte, ob Herr

111

Steinbeck nicht auch Lustiges geschrieben hätte, denn solche traurigen Geschichten seien für uns im Moment nicht gerade gesund. Ich freute mich, dass meine Mutter etwas Lustiges vorlesen wollte und sagte: ,Aber ja, es gibt einige Romane, bei denen Dad ständig lachte und Steinbeck immer funny sly fox nannte.‹ Ich rannte in das Wohnzimmer, nahm alle Steinbecks aus dem Bücherregal, breitete sie vor mir aus und überlegte, bei welchem Buch er am meisten gelacht hatte. Ich entschied mich für *Cannery Row*.«

Pete musste schmunzeln: »Das ist wirklich eines der köstlichsten Bücher, die ich je gelesen habe, aber ich fürchte, dass deine Mutter sich nicht gerade vor Lachen krümmte, als sie dir von den Taten dieser dem Alkohol und den Frauen unheilbar ausgelieferten Schurken und Abgehängten vorlas, oder?«

»Du hast genau ins Schwarze getroffen. Nachdem Mutter unbedarft einige Male in die Falle getappt war und ihr Zeilen über die Lippen gekommen waren, die ihr Röte in das Gesicht getrieben hatten, unterbrach sie das laute Lesen immer wieder, wenn es verdächtig rustikal wurde und las erst eine Seite im Stillen, um zu kontrollieren, ob der Inhalt jugendfrei war. Das hatte zur Folge, dass wir über das erste Kapitel nicht hinaus kamen und Mutter einen Karton mit Büchern aus ihrer Kindheit aus dem Keller holte. So lernte ich zwar eine Reihe von Kinderbuchklassikern kennen, aber« - Julia schaute Pete mit einem Augenzwinkern an und fuhr pathetisch fort - »wer schon einmal in den Höhen von Steinbecks Tiefsinn gelustwandelt und von dessen emotionaler Intensität infiziert worden ist, der kann über die Streiche der *Kinder aus Bullerbü* und *Pippi Langstrumpf* nur wohlwollend schmunzeln und die Abenteuer von *Pünktchen und Anton* oder *Mogli* aus dem *Dschungelbuch* bloß als nette Kindereien betrachten.«

»Wow, aber ich glaube dir nicht ganz, dass du das als Siebenjährige schon so empfunden hast.«

»Das ist natürlich meine heutige Interpretation meiner damaligen Gefühle, aber ganz falsch liege ich damit nicht. Ich habe zwar nicht alles verstanden, was Steinbeck geschrieben hat, aber ich habe Vater Löcher in den Bauch gefragt und hier bekam auch ich seinen Charakterzug zu spüren, den du bei ihm so wertgeschätzt hast, dass er mich nicht wie ein Kind, dem man nichts zumuten kann und das eh nichts von Erwachsenendingen versteht, behandelt hat, sondern mich Ernst genommen und mir selbst das Pikanteste versucht hat, verständlich zu erklären. Dadurch platzte ich vor Erstaunen und Stolz, dass ich solche Dinge schon als Kind wusste.«

»Und wie lange hast du es in *Bullerbü* ausgehalten?«

»Nicht lange, ich habe in jeder freien Minute über Büchern gesessen, um mir das Lesen schneller beizubringen, als ich es in der Schule gelernt hätte, sodass ich nach wenigen Monaten begann, heimlich die Bücher von Steinbeck zu lesen, oft unter der Bettdecke bis in die späten Abendstunden hinein. Da ich das große Licht nicht anlassen konnte, habe ich mir aus Vaters Goldschmiederei seine Kopfbandlupe mit Lichtstrahler geholt, die Lupe abmontiert und mir die Lampe um die Stirn gebunden. Das funktionierte so gut, dass ich die heute noch aufsetzte, wenn ich im Dunkeln auf dem Bauch liegend lesen möchte.«

»Und bist du irgendwann einmal aufgeflogen?«

»Nicht direkt, aber ich muss gestehen, dass ich mich ohne die schützende Hand und die Erklärungen meines Vaters schon etwas vor dem verrückten Meeres-biologen *Doc*, dessen Wohnung zugleich seine For-schungsstätte war, weshalb dort überall Käfige mit Ratten und Schlangen und Aquarien mit Meerestieren herumstanden, gruselte. Und einige Male muss ich wohl im Schlaf so geschrien haben, dass Betti besorgt in mein Zimmer gelaufen kam und mich aus meinen Albträumen gerissen hat. Ich habe ihr aber nie verraten, dass ich von den Schlangen und Ratten aus Docs Laboratorium, die unter meiner Decke herumkrabbel-ten, geträumt hatte. Und das Buch hat sie auch nie entdeckt, da ich es vor dem Einschlafen immer unter den Stapel Kinderbücher gelegt habe.«

»So viel Verschlagenheit und Leseeifer hätte ich dir gar nicht zugetraut. Wenn du bei uns zu Besuch warst und mit Timothy im Sandkasten oder Planschbecken herumtolltest, wirktest du wie ein gewöhnliches, fröhliches Mädchen und ich wäre nie auf die Idee gekommen, dir meine Geschichten und Gedichte vorzulesen.«

»Wahrscheinlich war das lange auch so, denn drei Jahre machen in dem Alter doch eine Menge aus und dazu warst du deinen Altersgenossen auch noch weit voraus. Es ist schon sonderbar, dass wir erst zehn Jahre später und ausgerechnet dann zueinander gefunden haben, als wir uns räumlich voneinander entfernten.«

»Dafür ist es umso schöner, dich jetzt zu entdecken. Aber ein Mal sind wir uns doch sehr nahe gewesen. Kannst du dich an die Situation erinnern?«

Julia ahnte, welches Ereignis Pete im Kopf hatte. Ihre Gefühle von damals wurden lebendig und es war ihr, als tropften Petes Tränen wieder auf ihre Stirn und sie sah seine traurigen Augen abermals vor sich. Sie schluckte, sammelte sich und sprach: »*Mein Vater, mein Vater, jetzt fasst er mich an! Erlkönig hat mir ein Leids getan!*«

»An dir ist es also auch nicht spurlos vorüber gegangen. Das hat mich emotional so überwältigt, dass es mir richtig unheimlich war. Ich habe mich danach lange nicht getraut, dich noch einmal für meine Stücke einzuspannen.«

»Das war sehr ergreifend und offensichtlich für uns beide unvergesslich. Ich weiß noch, wie du Jimmy stattdessen als Schauspieler engagiert hast.«

Pete musste lachen: »Ach herrje, er war als Schauspieler überhaupt nicht zu gebrauchen. Denn er machte aus jedem Stück unbeabsichtigt eine Groteske, da seine Betonungen und Gesten selten zu dem Inhalt passten. Dabei hat er sich wirklich Mühe gegeben. Eines meiner ersten Stücke war *der Zauberlehrling*, in dem ich den Lehrling gab und er mich am Ende als wütender Meister in die Schranken weisen sollte, mir aber stattdessen verschmitzt lächelnd wie ein liebevoller Großvater mit ausgebreiteten Armen entgegenkam und mit erhobenem Zeigefinger herumfuchtelte und so meinen frevelhaften Hochmut wie einen kleinen Jungenstreich aussehen ließ.«

»Du hättest die Rollen lieber tauschen sollen. Ich glaube, für Bösewichte war er nicht geeignet.«

»Ja, er war eben - wie sagte er über Steinbeck - ein prima Kerl?«

»Das war er wohl. Ich hätte ihn gerne länger bei mir gehabt, ich habe nur wenige Erinnerungen an ihn.«

»Hast du eigentlich die signierte Ausgabe des *Roten Ponys* noch?«, fragte Pete.

»Natürlich, ich habe sogar extra einen Schutzumschlag aus Filz dafür genäht.

»Weißt du auswendig, was Steinbeck für Jimmy hineingeschrieben hat?«

»Er schrieb: ›Take care of yourself, my friend! And keep

a pure heart. All the best. John Steinbeck. Sizilien, 16. Juli 1943.‹«

»Das hört sich danach an, als hätte Jimmy ihn zurecht einen prima Kerl genannt.«

Julia wirkte plötzlich sehr betrübt. »Was ist mit dir? Machen dich die Erinnerungen traurig?«

»Vater muss wenige Stunden vor seinem Tod noch eine Widmung für mich unter die von Steinbeck geschrieben haben und ich sehe ihn vor mir, wie er mit letzter Kraft das Buch und einen Stift vom Nachttisch nimmt, sich versucht ein wenig aufzurichten und mit zitternder Hand schreibt: ›For my little blond Pony Julia. I‹ll always be with you. Dad. Neasden, 16.10.1956.‹«

»Das ist ergreifend traurig, aber welch schönes persönliches Andenken von ihm. Da fällt mir etwas ein. Warte kurz.« Pete holte ein Kästchen aus seiner Schreibtischschublade und kramte ein Ticket daraus hervor. »Schau mal, das habe ich als Erinnerungsstück aufbewahrt.«

Julia las: »*Ritz Cinema Neasden / East of Eden / price 2s / 07/02/1955*. Du warst mit Jimmy in einer Steinbeck-Verfilmung? Wow, wie alt warst du damals?«

»Ich war erst neun und der Film eigentlich ab zwölf, aber du kanntest Jimmy ja. Er hat auf die skeptische Nachfrage meiner Mutter, ob ich nicht zu jung für den Film sei, geantwortet: ›Man kann nie zu früh anfangen, sich einen kultivierten Lebensstil anzueignen‹, und eh meine Mutter eine Diskussion hätte anzetteln können, waren wir schon auf dem Weg zum Kino. Es war übrigens mein erster Kinobesuch und ich werde nie vergessen, wie schockiert ich war, diese fast nackten Frauen mit den dicken Brüsten zu sehen, die sich an ekelige Männer heranmachten und als James Dean die Chefin des Bordells dann auch noch mit Mutter anredete, habe ich mich auf meinen Sitz gekniet und Jimmy ins Ohr geflüstert, ob ich richtig gehört hatte und wie das seien könne.«

»Und wie hat er reagiert?«

»Er hat mich auf seinen Schoß genommen und gesagt: ›Meistens sind Männer die Bösewichte, aber es ist nicht auszuschließen, dass es auch die ein oder andere böse Frau auf der Welt gibt.‹ Dann drückte er mich fest an sich und meinte, ich könne ruhig auf seinen Schoß krabbeln oder mein Gesicht an seinen Bauch drücken, wenn es mir zu umheimlich werde. Mir war einige Male danach, aber ich habe es mir verkniffen, denn erstens wollte ich auf gar keinen Fall auch nur eine Sekunde dieses Höhepunktes meines bisherigen Lebens verpassen und zweitens nicht den Eindruck erwecken, dass der Film für meine sensible Kinderseele vielleicht doch etwas zu aufregend sein könnte und damit womöglich die Bedenken meiner Mutter rechtfertigen und Jimmy ein schlechtes Gewissen bereiten würde. Das kam nicht in Frage.«

»Ob du es glaubst oder nicht: Ich habe noch nicht eine Verfilmung von Steinbecks Erzählungen gesehen.«

»Das holen wir nach. Es gibt sogar eine Verfilmung von *The Red Pony* aus dem Jahr 1949 von Lewis Milestone, wofür Steinbeck das Drehbuch geschrieben hat. Er wurde übrigens drei Mal als Drehbuchautor für den Oscar nominiert.«

»Schade, dass Vater nicht mehr mitbekommen hat, dass Steinbeck vor vier Jahren der Nobelpreis verliehen wurde. Ich bin sicher, er wäre nach Schweden gefahren, um ihm persönlich zu gratulieren.«

In jener Nacht träumte Julia von einem Kinobesuch mit Pete, zu dem es nicht mehr kam.

Parkklinik Hochfeld Duisburg
Prof. Dr. Mechthild Rosenowsky

Therapieprotokoll

Name der Patientin: Schröder, Julia
eingewiesen am: 10.08.1982
geboren am 15.01.1949 in Neasden (GB)
Familienstand: ledig
Kinder: eine Tochter, geb. am 15.04.1967
in Duisburg

Sitzung: 8.   **Datum: 10.10.1982**

Äußeres Erscheinungsbild
Nach wie vor gepflegt, aber legerer
gekleidet: häufig Hosen, auch Jeans,
flache Schuhe, weniger geschminkt, kein
Lippenstift, Haare zum Pferdeschwanz
gebunden, schweres Parfüm, lackierte
Fingernägel, Schmuck, keine Ringe.

Äußeres Verhalten
Die Patientin wirkt freundlicher und
weniger nervös. Sie weicht meinem Blick
nur noch selten aus. Das Misstrauen
gegenüber dem Personal ist nahezu
verschwunden. Sie tritt anderen nicht
mehr feindselig gegenüber, zieht sich oft
in die Natur zurück und scheint die Ruhe
und das Alleinsein zu genießen. Nur zu

Herrn Jürgen Mönnich hat sie eine
Beziehung aufgebaut, mit dem sie das
Interesse an englischer Literatur teilt.
Auffällig ist das tägliche stundenlange
intensive Lesen auf einer Bank am See.

Denkweisen/Gefühlslage/soziale
Interaktion
Die Patientin kann mittlerweile
differenzierter über ihre Vergangenheit
reden: Es wird deutlich, dass sie in
ihren ersten sieben Lebensjahren bis zu
dem Tod ihres Vaters ein sehr liebevolles
und wertschätzendes Verhältnis zu ihm
hatte. Er war für sie eine wichtigere
Bezugsperson als die Mutter. Über den Tod
des Vaters kann sie in angemessener Weise
reden, sie zeigt mir gegenüber zum ersten
Mal authentische Gefühle von Trauer und
sagt, dass sie ihm ihre Leidenschaft für
die Literatur zu verdanken habe, die sie
auch nach seinem Tod noch mit ihm
verbunden habe. Der Tod des Vaters kann
daher als traumatisches Ereignis
ausgeschlossen werden. Bei der Frage, wie
sie heute auf ihren Vater blicke, gerät
sie plötzlich außer sich und verfällt in
eine für sie völlig untypische derbe
Ausdrucksweise: Er sei eben doch wie alle
Männer, ein schwanzgesteuerter Idiot.
Weitere Erklärungen verweigert sie zwar,

aber gleitet nicht mehr in eine
Erstarrung oder Dissoziierung ab. Zu
ihrer Mutter hat sie kein
vertrauensvolles Verhältnis, sie sei ihr
fremd, habe ihre Bedürfnisse nie
verstanden und weder damals noch heute
hätten sie gemeinsame Interessen. Über
ihre späte Jugend spricht sie in einem
sehr sachlichen und distanzierten Ton,
als würde sie über eine dritte Person
sprechen. Auf die Frage, warum sie keine
Ringe trage, erwähnt sie erstmalig einen
Jungen aus der Schule, den sie sehr
gemocht habe, der ihr einen Ring
geschenkt habe, den sie ihm aber
zurückgegeben habe. An dieser Stelle
wandert ihr Blick inwärts und ihre
Schilderungen brechen im Dezember 1966
ab, als sie die traumatischen Erfahrungen
gemacht haben muss.
Seitdem hat die Patientin sich keinen
Freundeskreis aufgebaut und keine
Vertrauensperson gefunden. Sie nennt als
einzigen Freund ihren Nachbarn Romeo.

Vorläufige Diagnose/Krankheitsbild
Das Erleben der Patientin ist
gekennzeichnet durch:
1. Verzweiflung, Schmerz, Verdrängung der
   Gefühle im Zusammenhang der Beziehung
   zu ihrem damaligen Freund und

vermutlichem Vater ihrer Tochter.

2. Enttäuschung, Wut, Aggression in Bezug auf ihre Tochter, die sie für ihre geplatzte Modelkarriere verantwortlich macht, und gegenüber ihrem eigenen Vater, der das Vertrauen der Patientin verloren hat. Die Gründe dafür verschweigt sie, aber ihre Ausdrücke deuten auf eine Affäre ihres Vaters mit einer anderen Frau hin. Aus dieser Enttäuschung resultiert vermutlich das bestehende Misstrauen gegenüber Männern.

3. Übertragene Selbstbestrafung: Sie projiziert ihre damalige Opferrolle auf die Tochter und wird so zur Täterin, die sich durch ihre Tochter selbst bestraft. Die Rechtfertigung für die Bestrafung scheint nicht die gescheiterte Karriere zu sein, sondern die verdrängten Erfahrungen im Kontext der Schwangerschaft, die zudem Scham und Verachtung hervorrufen. Das kalte Verhältnis zur Tochter und deren Instrumentalisierung resultiert daher aus der Konservierung des eigenen negativen Bildes von sich, das die Patientin auf ihre Tochter projiziert und ihr damit nicht anders als feindselig begegnen kann.

Die Patientin zeigt insofern eine positiv Entwicklung, als sie die Versuche, über die traumatischen Ereignisse zu reden, nicht sofort abblockt und in der Lage ist, unverstellte Gefühle zu zeigen.

Weiterführende Maßnahmen/nächste Therapieschritte
- Freundeskreis vor 1966 thematisieren
- Lektüre thematisieren
- Gespräch mit ihrem Nachbarn Romeo führen

Lotte

Wir saßen eine Weile schweigend auf der Bank in dem Park der Psychiatrie, während Großmutter unaufhörlich den Kopf schüttelte; sie schien das Bild der Überreste ihrer Tochter leibhaftig vor sich zu sehen. Dann fuhr sie fort: » Als ich mit einem Tee und ein paar Keksen aus der Küche zurückkam, saß sie unverändert in dem Mantel und mit abwesendem Blick wie eine Puppe da. Ich setzte mich neben sie, streichelte ihr in einem fort über den Kopf und bat sie, mir zu erzählen, was ihr zugestoßen sei. Aber sie zeigte keine Regung, umklammerte die heiße Tasse, als müsste sie sich daran festhalten und hielt mir den kalt gewordenen Tee wieder hin, ohne davon getrunken zu haben. Ich versuchte meine Verzweiflung zu verbergen und sprach beruhigend auf sie ein: ›Liebes, leg dich hin, ich hole Dr. Weimers, er hat zwei Straßen weiter seine Praxis, ich bin gleich wieder da.‹ Da schrie sie den letzten Funken Lebendigkeit aus sich heraus: ›Kein Arzt! Das Kind lässt sich nicht töten!‹ Von da an bis zu dem Tag deiner Geburt vier Monate später sprach sie kaum noch ein Wort und verließ das Haus nur sehr selten. In den ersten Monaten erhielt sie noch ab und zu Briefe von

Lissy, aber da sie ihr wahrscheinlich nicht geantwortet hat, versiegte der Kontakt. Ich erhaschte manchmal einen Blick auf sie, wenn sie wie ein Gespenst zwischen Bad, Küche und ihrem Zimmer hin und her huschte. Ab und an legte sie mir einen Zettel auf den Küchentisch, auf dem Dinge geschrieben standen, die ich ihr besorgen sollte, darunter neben Modezeitschriften auch Bücher von Steinbeck auf Englisch. Ein paar Mal wünschte sie sich, dass ich ihr Scones, eine Art englischer Krapfen, oder Karottenkuchen backte, den sie sogar mit mir zusammen zum nachmittäglichen Tee, wenn auch stumm, aß. Ich hörte das erste Mal wieder einen vollständigen Satz von ihr, als die Hebamme die Nabelschnur durchtrennt und dich ihr auf die Brust gelegt hatte.«

Großmutter stockte und sah mich mitleidig an, so als wollte sie mich vor etwas bewahren, weshalb ich sie fragte: »Was hat sie gesagt?«

»Ich erinnere mich nicht mehr genau«, wich sie mir aus.

»Großmutter, bitte, du brauchst mich nicht schonen. Ich wurde fünfzehn Jahre lang belogen, es ist Zeit für die Wahrheit. Und schlechter kann das Verhältnis zwischen Mutter und mir kaum werden«, tat ich selbstbewusst, obwohl mir beklommen zumute war angesichts der möglichen Offenlegung der wahren Umstände meines Ursprungs und Identität meines Erzeugers, die allem Anschein nach zu einer Persönlichkeitsspaltung der

Mutter geführt haben. Denn nichts von dem, was ich in den letzten zwei Stunden über Mutter erfahren habe, ließ sich in Einklang bringen mit der Frau, die mich seit meiner Geburt zu ihrem Wunschbild abrichtete. Nie wäre mir in den Sinn gekommen, dass sie ein gebrochener Mensch ist, der seine Empathie deshalb so tief in sich vergraben und eine so dicke Kälteschutzschicht um sich gebaut hat, damit ihn nie wieder irgend jemand verletzen konnte.

Großmutter schaute starr geradeaus und murmelte: »Meine Sünde ist geboren.«

Ich hatte sie nicht verstanden und fragte nach: »Was hast du gesagt? Wer ist geboren?«

»Das waren die ersten Worte deiner Mutter: ›Meine Sünde ist geboren!‹ Ich war so erleichtert, dass sie die Geburt überstanden hatte und wieder sprach, dass ich mir einredete, ich hätte mich verhört - vielleicht hatte sie nicht ›Sünde‹, sondern einen ähnlich klingenden Namen genannt. Ich hielt ihre Hand und lächelte sie an: ›Wie hast du sie genannt, hast du einen englischen Namen für die Kleine ausgesucht?‹ Aber ihr Lächeln verriet, dass ich richtig gehört hatte, es war kein glückseliges Lächeln, sondern es hatte etwas erschreckend Fratzenhaftes und dazu ihr stechender Blick. Sie wirkte, als wäre etwas in sie gefahren, etwas —«, Großmutter versagten die Worte, als hätte sie Angst weiterzusprechen, sie schaute nach unten auf ihre gefalteten Hände in ihrem Schoß, wobei sie ihre Daumen unaufhörlich nervös aneinanderrieb. Ich legte meine Hände auf ihre und sah sie verständnisvoll und ermutigend an. Sie seufzte und holte Luft für das Wort, das ihr eben nicht über die Lippen gekommen war: »etwas ... Böses. Deine Mutter erwiderte: ›Von welchem Namen sprichst du? Meine Sünde hat noch keinen Namen. Ich nenne sie Lotte.‹ Sie hielt dich an ausgestreckten Armen so wackelig in die Höhe, dass ich mir um dein Wohlergehen Sorgen machte, weshalb ich dich ihr abnahm und hoffte, dass ihr Verhalten und wirres Reden ihrer Erschöpfung geschuldet waren und sich nach ein paar Tagen Ruhe und Erholung in Luft auflösen würden, was zunächst auch so aussah. Denn sie war wie ausgewechselt, verließ bereits zwei Tage nach deiner Geburt zum ersten Mal seit ihrem Einzug das Haus, ging in der darauffolgenden Woche zum Friseur und kaufte sich elegante Kleider. Jeden Morgen polierte sie sich eine Stunde lang im Bad mit Kosmetika auf Hochglanz, trug Nagellack in allen Rot- und Violetttönen, die es in den Drogeriemärkten zu kaufen gab und ließ sich aus Frankreich ein ganz besonderes Parfüm liefern, das wahrscheinlich in einem ihrer Modemagazine angepriesen wurde und wonach das ganze Haus und jeder Raum, in dem sie sich aufhielt, tagelang rochen.«

Lotte stimmte ihr zu: »An diesen penetranten Geruch

konnte ich mich nie gewöhnen, nach überreifen matschigen Bananen. Aber wie konnte sie sich das alles leisten?«

»Bald nach deiner Geburt hatte ich ihr eine Lehrstelle in der Schneiderei vermitteln können, in der auch ich angestellt war. Sie war sehr geschickt, sodass sie parallel zu ihrer Lehre private Nähaufträge annahm und der Schneidermeister ihr bereits nach einigen Monaten Kundenaufträge für das Nähen komplizierter Kleider überließ. Ihre Fähigkeit sprach sich schnell herum, weshalb sie sich, noch bevor sie ihr Lehre abgeschlossen hatte, vor Aufträgen kaum retten konnte. So verdiente sie genug, um sich ihre Extravaganzen zu finanzieren. Zudem bekamen wir Witwen- und Waisenrente und hatten ansonsten wenig Ausgaben, das Haus war abbezahlt und der große Gemüsegarten und die Obstbäume warfen reichlich Ernte ab.«

Ich fragte Großmutter, wann Mutter dann noch Zeit für mich gehabt habe, worauf sie wieder in ihre deprimierte Tonlage verfiel: »So traurig es ist, Lotte, aber es lässt sich nicht leugnen, dass sie in einer selbstsüchtigen Manie lebte, in der sie dich kaum wahrnahm. Ich habe versucht, deine Mutter zu ersetzen und dich geliebt wie mein eigenes Kind. Aber es brach mir das Herz zu sehen, dass sie dir keinerlei Beachtung schenkte.«

»Und wann änderte sich das? Warum interessierte sie

sich plötzlich für mich?«, fragte ich verletzt.

»Nach ihrer Ausbildung zur Schneiderin fing sie an, dir Kostümchen nach den Vorbildern der Models aus ihren zahllosen Modezeitschriften, die sie abonniert hatte, zu nähen. Sie staffierte dich damit aus, ließ dich von einem Fotografen ablichten und schickte die Fotos sämtlichen Modelabels, Magazinen und Modedesignern, um deine Karriere als Kindermodel in Gang zu setzen, womit sie, wie du am eigenen Leib erfahren musstest, Erfolg hatte. Sie hat deine ersten Krabbelversuche und Schritte übersehen, deine ersten Laute und dein erstes Wort überhört, nie erfahren, wie es sich anfühlt, wenn deine Händchen ihre Finger umfassen und nicht mehr loslassen, keinen Wert darauf gelegt, dein erstes Lächeln zu empfangen oder deinen Babyduft einzusaugen; aber als sie deinen ersten Vertrag als Fotomodel für die Kindermodenseiten in dem Katalog von Oilily in den Händen hielt, zeigte sie zum ersten Mal Interesse an dir.«

»An meinem Marktwert«, ergänzte ich erschüttert.

In meiner Magengegend braute sich ein Gefühl zusammen, das es mir verunmöglichte, mich dieser Frau, die irgendwo auf der anderen Seite des Sees saß, zu nähern: Verachtung. Großmutter ahnte meine Empfindung und bereute das Gesagte: »Ich hätte es dir nicht erzählen sollen.«

»Dein Zögern war berechtigt: Jetzt ist mir ihr Verhalten

nicht nur unerklärlich, sondern ich verachte sie dafür. Aber vielleicht kann ich ihr verzeihen, wenn ich herausfinde, warum sie so geworden ist. Hast du denn überhaupt keine Idee, was in den letzten Monaten in England vorgefallen sein könnte? Hatte sie einen festen Freund? War sie eine von der Sorte, die sich mit sechzehn Jahren auf Partys dermaßen betrinkt, dass sie mit irgendeinem Typen, an den sie sich angeblich nicht einmal mehr erinnert, auf der Toilette verschwindet, ohne Kondom Sex hat und sich schwängern lässt? Und wenn sie einen so tollen Freundeskreis hatte, wieso hat sie sich niemandem anvertraut? Und wann und wie ist diese ganze Modelgeschichte in Gang gekommen und was hat sie damit zu tun?«

Großmutter sagte resigniert: »Ich habe mir den Kopf darüber zermartert, aber ich finde keine plausible Erklärung für ihr Verhalten. Ich habe mehrmals versucht, mit ihr zu reden und hinter ihre Motive zu kommen, aber irgendwann habe ich aufgegeben, ihr aber zumindest klarzumachen versucht, dass sie dir mit ihrem Verhalten schade, doch sie ließ nicht mit sich reden und gab jedes Mal nur kurz und knapp zur Antwort, dass ich mich nicht in ihr Leben und ihre Erziehung einmischen solle.«

Wütend sagte ich: »War ihr bewusst, dass ich wahrscheinlich als Säugling gestorben wäre, wenn du dich nicht in ihr und mein Leben eingemischt hättest?

Womöglich hätte es ihr gar nicht viel ausgemacht, ich war eine nutzlose Belastung. Erst als ich alt genug war, um stellvertretend ihren Traum von einer Modelkarriere erfüllen zu können, teilte sie mir einen Platz in ihrem Leben zu, den ich so nie einnehmen wollte.«

»Das einzige, was ich weiß, ist, dass die Thornbys mit einem Fotografen befreundet waren, der damals mit einigen Fotoserien Aufsehen erregt hatte und in aller Munde war. Es kann sein, dass er auch Lissy und deine Mutter vor die Linse bekommen hat. Und manchmal hatte ich das Gefühl, dass Lissy etwas überschwänglich für ihn schwärmte, aber das möchte ich nicht beurteilen, sie und deine Mutter waren mitten in der Pubertät und da funkt es schneller als man denkt. Jedenfalls ging Dean - ja, jetzt fällt mir der Name wieder ein, Dean Bale - bei den Thornbys ein und aus und hat Lissy schließlich groß rausgebracht. Was an dieser Partygeschichte dran ist, weiß ich nicht. Einerseits habe ich Julia bis zu meiner Abreise nie Alkohol trinken sehen und sie mimte immer die Erwachsene und Vernünftige, die sich über die anderen, die dem Alkohol mehr als ihnen guttat, zusprachen, lustig machte. Andererseits war sie kein Kind von Traurigkeit, hatte eine enorme Ausstrahlung, tanzte gern und spielte mit ihren Reizen. Sie könnte schon dem ein oder anderen Jungen den Kopf verdreht haben. Aber Alkohol, Quickie in der Toilettenkabine, nein, das glaube ich nicht. Außerdem war sie eher vorsichtig im Umgang mit Fremden. Ich befürchte, dass sie unfreiwillig schwanger geworden ist.«

Meiner Großmutter versagte erneut die Stimme, aber ich musste den Gedanken aussprechen: »Du meinst, sie wurde vergewaltigt? Deshalb ihr Schrei: ›Das Kind lässt sich nicht töten!‹ Sie wollte mich nicht und hat vergeblich versucht mich abzutreiben, woran sie beinahe selbst gestorben wäre. Sie hat sich halbtot bis zu dir geschleppt und wollte auf keinen Fall einen Arzt an sich heranlassen, der ihren Eingriff ans Licht und sie in Erklärungsnöte gebracht hätte. Das ist ja schrecklich: Ich verdanke mein Leben womöglich einer Vergewaltigung und einem gescheiterten Abtreibungsversuch.«

Die Kräfteverteilung zwischen Großmutter und mir kehrte sich um: Jetzt sackte ich zusammen und sie zog aus einer scheinbar nie versiegenden Quelle (groß)mütterlicher Verantwortung und Liebe neue Energie, wurde sehr ernst, nahm meinen Kopf in ihre Hände, schaute mir tief in die Augen und beschwor mich: »Lotte, du bist ein großes Geschenk für die Welt und der wundervollste Mensch, den ich kenne. Und das Verhalten deiner Mutter dir gegenüber ist unentschuldbar, egal, was ihr damals zugestoßen ist. Niemand, deine Mutter als allerletzte, darf dich verletzen oder als Instrument missbrauchen. Aber das hat sie getan. Das Einzige, was deine Mutter noch wagen darf zu hoffen, ist, dass du ihr irgendwann vergeben kannst.«

»Aber nicht heute. Ich kann ihr jetzt nicht in die Augen sehen. Möchtest du noch zu ihr, ich würde dann hier warten?«

»Nein, ich lass dich jetzt nicht allein. Ich kann ja jederzeit herkommen, wenn mir danach ist. Lass uns zum Bus gehen. Was hältst du von einer Portion Zungenbalsam bei Romeo?«

Großmutter war für mich Seismograph und Wünschelrute, sie registrierte sehr genau meine Erschütterungen und spürte dann die Mittel auf, mit denen sich diese besänftigen ließen. Und nichts konnte meine Stimmung in jenem Moment mehr aufhellen als Romeo und sein selbst gemachtes Vanilleeis.

* * *

Das Gespräch mit Großmutter und mein Albtraum-Erlebnis wenige Nächte zuvor ließen mich nicht mehr los und mehr denn je wollte ich hinter die wahren Gründe dieses Gewaltaktes kommen, die so unerträglich sein mussten, dass Mutter nicht nur mein Leben auslöschen wollte, sondern auch ihr eigenes riskiert hatte. Deshalb fuhr ich nach der Schule ausnahmsweise nicht zum Fußballtraining, sondern durchsuchte Mutters Zimmer. Großmutter hatte Briefe von Lissy erwähnt. Vielleicht hat sie sie in ihrem Zimmer aufbewahrt. Ich räumte den Kleiderschrank, die Kommode, ihr Nacht-schränkchen und jede Schublade aus, schaute unter dem Bett, unter der Matratze, aber da war nichts. Draußen braute sich ein Unwetter zusammen und es wurde schlagartig dunkel, weshalb ich Mutters orange-farbene Kugellampe anmachte, die das Zimmer in eine Rotlichtatmosphäre tauchte. Ich öffnete alle Schachteln, Dosen und Kosmetiktaschen, aber fand nur Unmengen an Lippenstiften, Nagelackfläschchen, Kajalstiften, Wimperntusche, Cremes, andere Kosmetikartikel und das ganze Sexspielzeug, mit dem ich aufgewachsen war.

Ich ließ mich frustriert aufs Bett fallen, mein Magen knurrte, ich hatte seit dem Frühstück nichts gegessen. Gedankenverloren schaute ich zur Decke als mir eine dunkle Kontur in der Lampe auffiel. Wie konnte ich daran kommen? Ich stellte mich auf einen Stuhl und versuchte von oben hineinzugreifen, aber mein Arm war zu kurz. Aufgeregt raste ich in die Küche und suchte nach einem brauchbaren Werkzeug, schnappte mir die Nudelzange und fischte nach dem Gegenstand. Einige Male bekam ich ihn zu greifen, aber jedes Mal entschlüpfte er mir wieder, es war zum Verzweifeln. Meine Arme taten vom Hochhalten weh und meine Augen brannten, weil mir ständig Schweiß hineintropfte, außerdem war mir allmählich schlecht vor Hunger. Ich sprang vom Stuhl, trank einen Schluck

Wasser, sammelte noch einmal alle Kräfte und stieg wieder hinauf. Endlich klemmte der Gegenstand in der Zange, jetzt nicht zittern, ganz langsam nach oben führen, tief und ruhig atmen, nicht an den Rand der Lampe stoßen und — raus damit. Ich hatte es geschafft, das Ding fiel auf den Boden, ich stieg mit wackeligen Beinen vom Stuhl, hob es auf und hielt einen Schlüssel in den Händen, der mir - da war ich mir sicher - Zugang in die Unterwelt der Mutter gewähren würde. Ich musste nur noch das passende Schloss finden. Ich sah, dass auf dem Schlüssel *John Pound London est. 1823* eingraviert war. Da fiel mir ein, dass Großmutter einen Koffer erwähnt hat, den Mutter bei sich hatte, als sie aus England kam. Der müsste auf dem Speicher liegen.

Als ich durch die Luke stieg, fiel mir als erstes der Mantel, den Mutter auf ihrer Flucht getragen haben musste, auf, er hing auf einem Bügel an einem Deckenbalken. Es war ein sehr schöner dunkelblauer Wintermantel mit aufgedrucktem Schulwappen am Revers. Ich fühlte in die Taschen und fand neben einer Packung Taschentücher und ihrem Zugticket von Calais nach Duisburg in der Innentasche einen Schlüsselbund. Es hingen zwei größere Schlüssel daran, die so aussahen wie Haus- und Zimmerschlüssel und zwei kleinere, die zu einem Fahrradschloss und einem Briefkasten passen könnten. Vermutlich hielt ich die Hausschlüssel der Thornbys in den Händen. Ich steckte sie ein und schaute mich weiter um. Unter einer Decke fand ich den Koffer. Ich sagte ununterbrochen das Wort »Bitte« an den Schlüssel gerichtet vor mich hin, während ich ihn in Zeitlupentempo Richtung Schloß bewegte und — hineinsteckte. Er ließ sich zunächst nicht herumdrehen, aber das musste der richtige sein. Ich ruckelte ein wenig, führte den Schlüssel ein paar Mal heraus und wieder hinein und dann klackte das Schloss und sprang auf. Ich trug den Koffer hinunter in mein Zimmer und begann, in Abgründe einzutauchen.

* * *

Lissy hatte Mutter zwischen Dezember 1966 und März 1967 an die zehn Briefe geschrieben. Ich hatte die Hälfte gelesen, als ich Großmutter die Haustür aufschließen hörte. Ich schob den Koffer schnell unter mein Bett und setzte mich an meinen Schreibtisch, als machte ich Hausaufgaben. Sie kam in mein Zimmer, strich mir über den Kopf und fragte, wie man Tag gewesen sei. Nach einem kurzen Plausch ging sie hinunter und bereitete das Abendessen zu.

Je deutlicher das Bild Mutters damaliger Situation wurde desto verquollener meine Augen. Aus den ersten Briefen ging hervor, dass Lissy sich Mutters überstürztes Verschwinden nicht erklären konnte und sehr besorgt war, da dies nicht Birdys Art gewesen sei und sie nie Geheimnisse voreinander gehabt hätten. Mutter musste Lissy geantwortet haben, dass sie wohlauf sei und sie sich keine Sorgen machen brauche, aber die Schwangerschaft hat sie scheinbar nicht erwähnt. Der verzweifelte und fassungslose Ton Lissys verschwand von Brief zu Brief mehr und sie begann, über Alltägliches zu berichten, oft über die neue Schule, auf die sie ein gutes Jahr zusammen gegangen waren. Als ich den Brief vom 23. Februar 1967 in den Händen hielt, hörte ich zum ersten Mal auf zu atmen. Lissy erwähnt darin im Zusammenhang mit einer College-Absolventenfeier einen Jungen, der die Abschlussrede gehalten habe und dem Mutter sehr nah gestanden haben muss, da Lissy von »dein Literat« sprach. Gab es sie also doch, die orgiastische Party, die in der Toilettenkabine mit meiner Zeugung ihren verheerenden Höhepunkt gefunden hatte? Und war dieser Literat mein Vater? Zittrig öffnete ich jeden neuen Briefumschlag und verschlang die Zeilen auf der Suche nach dem Namen des Jungen. Lissy erwähnte ihn noch einmal, als sie Mutter schildert, dass er der schönste Mann in London Borough of Brent sei und erfolglos versuche, sich den ihn unaufhörlich umgebenden Schwarm Frauen vom Leib zu halten, weil er die Hoffnung noch nicht aufgegeben habe, dass seine große Liebe wieder zurückkomme. Wenn dieser Schönling mein Vater sein sollte, hat Mutter gelogen.

Dann bin ich weder ein spirituöser Ausschuss noch ist mein Vater unbekannt. Laut Lissy ist er ein sehr schöner Mann und müsste, wenn er 1968 einen College-Abschluss gemacht hat, etwa drei Jahre älter sein als Mutter.

Auch Lissy hatte sich in jenem Sommer 1965 verliebt, allerdings ausgerechnet in Dean, einen Freund der Familie, was zunächst keiner wissen durfte und das Geheimnis der beiden Freundinnen war, denn er war fünfzehn Jahre älter als sie und machte sich gerade als Porträtfotograf einen Namen. Lissy schrieb, dass er darauf bestanden habe, dass die Beziehung geheim bleibe, da er seine Karriere nicht mit dem Skandal gefährden wolle, dass er eine Liaison mit der minderjährigen Tochter einer befreundeten Familie habe. Aus einem späteren Brief ging allerdings hervor, dass das Verhältnis der beiden nach wenigen Wochen - Mutter müsste das also noch mitbekommen haben - bemerkt worden war, aber da Dean den Thornbys glaubhaft machen konnte, dass er ein ernstes Interesse an Lissy habe, gaben sie dem Wunsch ihrer Tochter nach und die beiden wurden offiziell ein Paar. Das stellte Lissys Leben nicht nur privat, sondern auch beruflich auf den Kopf, denn im April 1967 erschien eine aufsehenerregende Fotoserie von Dean Bale in der *Vogue* mit dem jüngsten Fotomodel aller Zeiten: *Lissy Thornby*, der die Presse den Namen Biggy gab.

Großmutter rief zum Abendessen, ich versteckte den Koffer vorsichtshalber wieder unter dem Bett, setzte mich an den Küchentisch und hatte größte Mühe, meine Anspannung und Neugier zu verbergen und die Apfelpfannkuchen nicht möglichst schnell hinunterzuschlingen. Aber nach zwanzig Minuten hielt es mich nicht mehr auf dem Stuhl, ich bedankte mich für die köstlichen Pfannkuchen, entschuldigte mich für meine Eile mit der Lüge, dass ich noch ziemlich viel für die Schule zu tun hätte, räumte das Geschirr in die Spüle und ging wieder in mein Zimmer.

* * *

In den nächsten Briefen schrieb Lissy von ihrer ersten Liebe, ihrem Alltag und ihrer zunehmenden Begeisterung für das Modeln, aber den Literaten erwähnte sie nicht mehr. Der Höhepunkt war der letzte Brief, in dem ich einen erschütternden Hinweis auf Mutters Model-Manie und den möglichen Grund für ihr Verschwinden fand:

Durch Zufall habe ich gestern bei Dean diesen Umschlag mit Fotoserien von dir gefunden, der mir einen solchen Schock versetzt hat, dass ich im Nachhinein froh darüber bin, dass du abgehauen bist und ich dich jetzt nicht sehen und ertragen muss. Dean hat mir gestanden, dass er dir Honig um den Mund geschmiert und dir eine große Modelkarriere vorausgesagt habe. Aber ich hätte nie gedacht, dass du dich ihm dafür so schamlos hinter meinem Rücken hingeben würdest. Dass ihr nichts miteinander hattet, kann ich Dean kaum glauben und warum hättest du mir eure Treffen sonst verschweigen sollen? Ich hoffe, dass du dich zu Tode schämst. Aber wahrscheinlich bist du bei deiner Hinterhältigkeit und Skrupellosigkeit selbst dazu nicht in der Lage. Dann wünsche ich dir, dass du vor Neid vergehst, wenn du siehst, dass ich das jüngste Fotomodel aller Zeiten und weltweit gefragt bin, während du in der Versenkung verschwunden bist.

Biggy

Ich hielt den Umschlag mit den - laut Lissy - schamlosen Fotos in den Händen. Wollte ich die wirklich sehen? Ich öffnete ihn und sah Porträt- und Modefotografien, ähnlich denen, mit denen Lissy bekannt geworden war, aber das Model war noch schöner, im ersten Moment erkannte ich darin allerdings nicht Mutter, bis ich die Bestätigung auf der Rückseite las: Julia Thompson,

1966. Das war der Nachname ihres Vaters, den Mutter erst in Deutschland abgelegt und stattdessen den Namen ihrer Mutter angenommen hat. Aber was Lissys drastische Worte tatsächlich nachvollziehbar machte, war eine weitere Fotoserie, bei deren Anblick ich aufschrie, weshalb meine Großmutter nach mir rief und ich sie die Treppe hinaufkommen hörte. Ich versuchte die Fassung zu bewahren, ging ihr beschwichtigend entgegen und versicherte, dass alles in Ordnung sei. Sie blieb noch einen Moment auf der Treppe stehen und nahm mich genauer in Augenschein, ich nickte ihr lächelnd zu und wartete, bis sie wieder im Wohnzimmer verschwunden war, bevor ich in mein Zimmer zurückging.

Wenn man die Fotos in eine bestimmte Reihenfolge legte, zeigten sie die Chronologie einer Verführung, bei der Mutter von Foto zu Foto mehr Fleisch darbot. Ihre Posen entwickelten sich von gespielt schüchternem Über-die-nackte-Schulte-Gucken über ein laszives Bein-auf-den-Stuhl-Stellen bis zu einer obszönen Vorbeuge mit gespreizten Beinen. Auch wenn ich in einem halben Jahr sechzehn Jahre alt wurde, die ein oder andere Love-Fotostory in der Bravo beäugt und mein erstes Fummeln hinter mir hatte, wäre ich am liebsten vor Scham im Erdboden versunken. Die Fotos waren nicht mehr bravokonform, sondern tauglich für nicht jugendfreie Hochglanzpornos. Das verstörendste aber war das Repertoire an Gesichtszügen und Blicken Mutters: von einem flirtenden, verspielten Blick über einen augenaufschlagenden und auffordernden bis hin zu einem entrückt wollüstigen, unersättlichen Ausdruck. Mich befremdeten die Fotos so arg, dass mein Verstand sich dagegen sträubte, die Gestalt auf den Bildern mit Mutter gleichzusetzen. Doch so abstoßend die Fotos für mich waren, ich fühlte mich durch sie begnadigt, da ich nicht der Grund für Mutters Trauma und ihre psychische Störung war, sondern ihr zügelloser jugendlicher Leichtsinn, für den ich jetzt als Sünden- bock herhalten musste.

Es war kurz nach neun und ich brauchte eine Pause und eine Stärkung, weshalb ich mir eine Flasche Wasser und etwas Nervennahrung aus der Küche holte und Großmutter Gute Nacht sagte. In dem Koffer lagen noch herausgerissene Seiten aus Modezeitschriften und die Ausgabe der *Vogue* vom 15. April 1967, auf deren Cover Biggy als Gesicht des Jahres den Leser anstrahlte. Als ich das Datum las, entwarf ich eine hanebüchene Theorie, die umso überzeugender wurde, je mehr ich sie versuchte als Hirngespinst abzutun: Denn wäre es nicht eine Überschätzung des Zufalls, dass ich am gleichen Tag, an dem Biggy ihr Gesicht dem Modelhimmel entgegenstreckte, durch den Geburtskanal auf den Bettvorleger aus Schafwolle stürzte? Ich wusste von Großmutter, dass sie drei

Wochen vor dem berechneten Geburtstermin von einem grellen Schrei Mutters aufgeschreckt in deren Zimmer rannte, einer *Vogue*, die ihr entgegengeflogen kam, ausweichen und ihre vom Bett springende Tochter auffangen musste. Niemand war bisher auf die Idee gekommen, dass diese *Vogue* meine Sturzgeburt ausgelöst hatte. Das muss Mutters letzter Versuch gewesen sein, mich ungestraft loszuwerden. Vielleicht hat mich das Schafsfell gerettet. Dass die Hebamme erst nach der Geburt eintraf und ich so zehn Minuten mit Mutter verkabelt neben ihr gelegen habe, war wahrscheinlich kontraproduktiv für Mutters Wunsch, mich zu vernichten. Wir haben nämlich im Biologieunterricht einmal einen Artikel aus den 1970ern über die Amerikanerin Claire Lotus Bay gelesen, die darauf bestanden hatte, mit ihrem Neugeborenen über die Nabelschnur so lange zusammenzuhängen, bis diese nach fünf Tagen von selber abfiel. Während eine solche Lotusgeburt auch Risiken trage, sei es aber heutzutage immerhin üblich, die Nabelschnur in Ruhe auspulsieren zu lassen, bevor man das Kind endgültig vom mütterlichen Kreislauf abnabele. So unsere Biologielehrerin, jene Lehrerin, die mein Gespräch mit Frau Recki initiiert hatte, da sie einen Missbrauch wegen der Dildo-Geschichte gewittert hatte. Es solle jedenfalls ein vielversprechender Start in das Leben sein, wenn der Übergang aus der Geborgenheit des Mutterleibes in die neue Umgebung langsam geschehe. Ich denke, ich war froh aus der Furchtblase heraus zu sein. Ich legte die *Vogue* zur Seite und nahm mir vor, Großmutter später zu fragen, was sie von meiner Biggy-Vogue-Stimulus-Theorie hält.

An den herausgerissenen Magazinseiten fiel mir zunächst nichts auf, was deren verborgene Aufbewahrung begründete. Es waren schöne Aufnahmen in schwarz-weiß, die Modelle eher unspektakulär inszeniert vor einfarbigem Hintergrund. Es schienen Studioaufnahmen zu sein. Mich wunderte allerdings, dass Mutter Fotografien von Berühmtheiten außerhalb der Modewelt sammelte, zum Beispiel von Mick Jagger, den Beatles, Künstlern wie Dali oder Warhol und sogar von Nelson Mandela und Queen Elizabeth die II. Dann entdeckte ich den Grund: Die Fotos stammten alle von dem gleichen Fotografen: Dean Bale. Sie verfolgte Dean Bales Karriere. Das jüngste Foto war erst vor kurzem entstanden und zeigte eine langbeinige Frau in schwarzem Cocktailkleid, zwischen deren Füßen ein Männerkopf aus dem Bild herausschaute. Die Bildunterschrift verriet mir, um wen es sich handelte: British photographer Dave Bale with his new wife, the French actress Catherine Deville, London 1982. So sah einer meiner möglichen Väter aus? Offensichtlich war er nicht mehr mit Lissy zusammen. Wenn es stimmt, was Lissy in ihrem letzten Brief schrieb, hat Dean Mutter die

Modelkarriere in privaten Fotoshootings, die über das züchtige Normalmaß hinausschossen, in den Kopf gesetzt. Welche Rolle spielte Dean bei Mutters plötzlichem Verschwinden und dem Platzen ihres Traumes? Hat er seine Stellung als Karrierebeförderer sexuell ausgenutzt und sie dann fallen lassen? Ich muss Lissy allerdings Recht geben, dass Mutter sich nicht als Unschuldslamm aus dieser Affäre ziehen kann, denn auf den Aktfotos sieht es nicht so aus, als hätte Dean Mutter zu den verführerischen Posen überreden müssen.

* * *

In dem Glauben, dass ich alle Geheimnisse gelüftet hatte, hob ich pro forma die Kleidungsstücke, die in dem Koffer lagen, hoch, aus denen ein Blatt Papier auf meinen Schoß segelte. Ich habe die Anrede mindestens zehn Mal gelesen, da es nicht anders sein konnte, als dass meine Sinne mir vor Müdigkeit etwas vorgaukelten. Aber ich las immer wieder: »Liebste Lotte!« Ein Brief an mich? Wie konnte das sein? Nach den ersten Zeilen wurde mir klar, dass es sich um einen Liebesbrief an Mutter handelte, die ihr Liebhaber mit meinem Namen anredete. Mir war, als hörte ich die Stimme meines Vaters, als ich mit einem Kloß im Hals las, wie sehr er Mutter geliebt haben muss und dass er sich

Vorwürfe darüber mache, dass er sie an jenem Nachmittag gehen gelassen habe. Er schildert, wie sehr er die zärtlichen und literarischen Stunden vermisse und dass er noch nie so glücklich gewesen sei. Er bereue trotz der unvorhersehbaren Tragödie keine Sekunde. Er flehte sie an, ihm zu antworten, damit er wisse, dass es ihr gutgehe. Der Brief endete mit den Abschiedsworten »Für immer dein Werther« und war auf den 17. Dezember 1966 datiert, er hatte ihn also zwei Tage nach Mutters Verschwinden geschrieben. Der Brief enthielt keinen Hinweis darauf, dass jener Werther weiß, dass er eine Tochter hat. Er spricht von einer Tragödie und einem bestimmten Nachmittag, an dem sich diese zugetragen habe.

Damit hatte sich die Anzahl meiner möglichen Väter zwar verdoppelt, aber ich war erleichtert, dass ich weder das Produkt einer Vergewaltigung noch das eines bewusstlosen Toilettenquickies bin, sondern entweder das eines einvernehmlichen, wenn auch untreuen Lustrausches oder sogar eines Aktes der Liebe.

Es war inzwischen ein Uhr, ich war fix und fertig, legte alles in den Koffer zurück, schob ihn unter mein Bett und schlief ein.

Als ich die Augen öffnete, sah ich in das Gesicht meiner Großmutter, die mich kaum wachbekommen hatte. Ich hatte gestern Abend wohl vergessen, den Wecker zu stellen, sprang auf, zog herumliegende Klamotten über, hielt mein Gesicht unter den Wasserhahn, putzte flüchtig die Zähne, wurschtelte meine Mähne zu einem Dutt zusammen und nahm eine doppelte Dosis Deo. Großmutter steckte mir im Hinausgehen noch Brote und etwas zu trinken in den Rucksack. Da ich ordentlich in die Pedale trat, wurde ich halbwegs wach und platze mit zwanzig Minuten Verspätung in die erste Schulstunde hinein.

* * *

Dem Unterricht konnte ich an jenem Tag nach dem aufwühlenden Kofferfund nicht folgen, sondern ging stattdessen wieder und wieder im Kopf die Briefe durch und versuchte mir ein schlüssiges Bild von den Umständen in den Monaten vor und nach meiner Zeugung zu konstruieren. Was wusste ich? Sicher war, dass Mutter im Sommer 1965, als Großmutter zurück nach Duisburg ging, im Alter von sechzehn Jahren einen wenige Jahre älteren Studenten kennengelernt hat, der sich in dem Brief an Mutter, die er mit Lotte anspricht, Werther nennt, was vermutlich nicht sein richtiger Name ist. Gleichzeitig ist Lissy erst heimlich, nach einigen Wochen offiziell eine Beziehung mit dem fünfzehn Jahre älteren Dean Bale eingegangen, einem aufstrebenden Fotografen und Freund der Thornbys.

Dean fand auch Gefallen an Mutter, zumindest als Fotomodel, hat neben Porträt- auch Aktserien von ihr entworfen und ihr einen Modelvertrag in Aussicht gestellt, was sie vor Lissy geheimgehalten hat. Dann verging ein gutes Jahr, über das ich nichts in Lissys Briefen erfahren habe. Als Mutter bemerkte, dass sie schwanger war, kam eine legale Abtreibung nicht mehr infrage, da sie bereits im vierten oder fünften Monat war, das heißt, es muss Dezember 1966 gewesen sein. Ich vermutete, dass Dean Bale oder Werther mein Vater ist und dass Mutter keinem etwas von der Schwangerschaft erzählt und sich bei dem Versuch, mich abzutreiben, schwer verletzt hat, weshalb sie sich wenige Stunden später auf den Weg zu Großmutter nach Deutschland machte. Augenscheinlich hat sie jeglichen Kontakt nach England abgebrochen, sodass meine möglichen Väter und Lissy nicht wissen, dass es mich gibt.

Offen blieben die Fragen, wer Werther ist, von welcher Tragödie und von welchem schmerzlichen Nachmittag er in seinem Brief spricht, warum er Mutter Lotte nennt und was es mit Dean Bale auf sich hat.

Nach der Schule fuhr ich auf dem Weg nach Hause an einem Zeitschriftenladen vorbei und kaufte die aktuellste Ausgabe der *Vogue*. Im Impressum fand ich die Telefonnummer der Londoner Redaktion, die ich irgendwie dazu bringen musste, mir die Nummer von

Dean Bale zu geben. Ich brauchte eine überzeugende Notlüge, denn mit der Wahrheit - »Guten Tag, ich bin möglicherweise die Tochter von Dean Bale, da er wahrscheinlich vor gut sechzehn Jahren eine Affäre mit meiner Mutter hatte und ich bräuchte seine Telefonnummer, um ihn zu fragen, ob meine Vermutung richtig ist und er mich kennenlernen möchte« - ging ich das Risiko ein, dass sie mich für verrückt erklärten oder es für einen schlechten Scherz hielten und einfach auflegten. Ich könnte mich für Mutter ausgeben und sagen, dass ich eine frühere Freundin von Bale sei und es um eine ernste Familienangelegenheit ginge. Wenn Mutter das herausbekäme, würde sie mir das nie verzeihen, oder schlimmer: sie würde mir den Hals umdrehen. Aber was soll es, schließlich ist sie diejenige, die mich mit dem Lügenmärchen über ihre befleckte Empfängnis jahrelang vorwurfsvoll und entwürdigend abgespeist hat. Ich redete mir noch ein paar Minuten lang die Rechtfertigung meines Vorhabens ein, bis ich bereit war für meinen hinterlistigen Anruf und wählte die Londoner Nummer. Beim ersten Freizeichen legte ich schnell wieder auf, als mir klar wurde, dass ich die Lüge auf Englisch glaubhaft, also möglichst fließend, herüberbringen musste. Da war es besser, wenn ich sie schwarz auf weiß vor mir liegen hatte und ablesen konnte. Also schrieb ich: »Good morning Mr./Mrs. ... ! My name is Julia Thompson. I‹am a former girlfriend of Mr. Dean Bale and should speak to him urgently because of important family matters. Unfortunately I lost his current phone number. Would you be so kind to give me his number?«

Das müsste helfen, falls mir vor Nervosität die Vokabeln nicht einfallen sollten. Ich wählte erneut und hätte ich nicht gewusst, dass ich bei der *Vogue* anrief, wäre es mir schleierhaft gewesen, wo ich gelandet war: Ich hörte eine hohe Frauenstimme, die stoßweise unzusammenhängende Laute in den Hörer nuschelte, sodass ich zuerst dachte, die Leitung sei kaputt. Ich konnte nur vermuten, dass ich bei einer öffentlichen Institution angerufen hatte, da der Begrüßungstext, den die Frau am anderen Ende der Leitung sprach, deutlich länger war als es ein schlichter Name gewesen wäre, mit dem sich eine Privatperson gemeldet hätte, wobei ich nicht heraushören konnte, wo die Begrüßung aufhörte und der Name anfing oder umgekehrt, weshalb ich die Mitarbeiterin der *Vogue* leider nicht mit ihrem Namen anreden konnte. Ich sprach meinen vorbereiteten Text und wurde zwar sofort als German entlarvt, aber immerhin verstand sie mich. Sie durfte mir die Nummer von Dean nicht geben, versicherte mir aber, dass sie ihn so schnell wie möglich benachrichtigen werde und ihm meine Telefonnummer geben könne, wenn ich das wünsche. Ich gab Großmutters Telefonnummer durch, fügte hinzu, dass ich am besten zwischen drei und sechs Uhr p.m. zu erreichen sei und legte dankend auf. Zwei Stunden später hatte ich Dean am Telefon. Er reagierte auf die Enthüllung meiner wahren Identität und eine grobe Zusammenfassung meines Lebens mit unzähligen Wiederholungen der Worte »Oh my God« und »That's incredible« und hatte Verständnis für mein dringendes Bedürfnis, etwas über meinen Vater und die Ereignisse in jenem Winter 1966 zu erfahren, sagte aber im gleichen Atemzug, dass er mir dabei kaum weiterhelfen könne, da müsse ich versuchen mit Lissy Thornby oder mit diesem Typen zu sprechen, mit dem Julia in dem Jahr vor ihrem Verschwinden die meiste Zeit verbracht hätte. Ich wollte die Gelegenheit, Sicherheit darüber zu bekommen, dass ich Dean von meiner Vaterliste streichen konnte, nutzen, nahm dafür all meinen Mut zusammen und durchbrach die Schranken der Diskretion, indem ich ihm gestand, dass ich die Aktfotos, die er von Julia gemacht hat, gefunden habe und ihn fragte, ob er ein Verhältnis mit ihr gehabt habe. Er schnaufte wieder sein »Oh my God« in den Hörer und versicherte mir, dass er nicht mein Vater sein könne. Er gab zu, dass er Julias Schönheit und Attraktivität in künstlerischer Hinsicht verfallen gewesen sei und bei der letzten Fotosession ihre ungewohnte Freizügigkeit, die sie sich kurz bevor sie in sein Atelier gepoltert kam aus ihm unbekannten Gründen angetrunken hatte, ausgenutzt habe. Er habe ihr zudem versprochen, ihr einen Modelvertrag zu besorgen und ihr eine große Karriere vorausgesagt, was er aber durchaus ernst gemeint habe. Aber er habe sie sexuell nie angerührt oder gar belästigt. Den einzigen Vorwurf, den er sich machen könne, sei der, dass er die Aktfotos nicht vernichtet, ihr geschickt oder zumindest so gut verstaut habe, dass sie Lissy nicht in die Hände gefallen wären. Denn daran sei ihre Beziehung - wahrscheinlich auch die zwischen Lissy und Julia - zerbrochen.

Ich bedankte mich bei Dean für seine ehrlichen Auskünfte. Er wünschte mir viel Glück bei der weiteren Aufklärung und bot mir an, ihn erneut zu kontaktieren, wenn ich noch Fragen hätte.

Die vermutlich rein fotografische Beziehung zu Dean wird also nicht der Grund für Mutters Flucht gewesen sein. Das heißt, ich musste der Spur Werthers nachgehen.

Julia

Großmutter spielte jeden Dienstagabend Doppelkopf, was ich zum Anlass nahm, in dem Gourmettempel um die Ecke zu Abend zu essen. Ich wollte mich gerade auf den Weg machen, als ich hörte, dass sich jemand an dem Türschloss zu schaffen machte und sie im nächsten Moment aufschlug. Ich sprang zur Seite, stand hinter der geöffneten Tür und hielt sie reflexhaft an der Klinke fest, um mich vor dem Eindringling zu schützen. Der zog perplex von der anderen Seite, um sie wieder zu schließen und schrie auf, als er in meine weit aufgerissenen, ängstlichen Augen blickte. »Lotte, was machst du hier?«, fragte Romeo. Ich ließ mich an der Wand entlang zu Boden sinken und musste mich erst einmal von dem Schreck erholen: »Musstest du mich so erschrecken? Warum hast du nicht geklingelt? Ach so, und was ich hier mache: Ich wohne hier! Und was machst du hier?«

»Ich habe mehrmals geklingelt, aber du hast es scheinbar nicht gehört, weshalb ich dachte, dass du bei einer Freundin oder einem Freund - er zwinkerte mir zu - bist und da Betti heute ihre Pokerrunde hat - Romeo dichtete den älteren Damen gerne etwas Verruchtes an, da Doppelkopf nicht zu Betti passe -, habe ich mir erlaubt, von dem Schlüssel, den Betti mir überlassen hat, Gebrauch zu machen. Julia hat mich nämlich angerufen und mich um einen - wie sie sagt: dringenden - Gefallen gebeten.«

»Ah ja, und um welchen?«

»Ich musste ihr versprechen, dir und deiner Großmutter nichts davon zu erzählen«, sagte Romeo etwas verlegen.

»Na dann, viel Erfolg. Ich wollte gerade los und etwas essen gehen«, tat ich gelassen.

»Lotte, warte. Du bist mir doch nicht böse, oder?«

»Romeo, ich weiß doch, dass du Mutter noch nie einen Gefallen abschlagen konntest, sie schafft es scheinbar nach wie vor, dich um den Finger zu wickeln.« Ich schlug ihm vor, mich in den Nikolausgrill zu begleiten und ich war mir ziemlich sicher, dass ich Romeo im Laufe des Abends seinen geheimen Auftrag entlocken könne. Ich wusste, dass Romeo ein großes Opfer brachte, wenn er mit mir in einer Pommesbude zu Abend aß, denn seiner Verschwörungstheorie nach waren es getarnte Versuchslabore für Zusatzstoffe, die an den Essern über viele Jahre getestet wurden, wofür speziell die Beecker prädestinierte Probanden seien, da deren Geschmacksnerven spätestens mit der Muttermilch verkümmert seien, da die meisten Beecker ihre

Mittagsmenüs, die die Speisetafeln vor den Buden besonders preiswert anboten, beinahe täglich in den Laboren einnahmen. So merkten sie nicht, dass die Herznote aller Soßen mit Verdickungsmitteln gebundenes Wasser mit Süßstoff sei und je nach Zigeuneroder Jägervariante rot oder braun eingefärbt werde. Die Konservierungsstoffe seien an diesem toxischen Cocktail noch das Gesündeste.

Auf der Menükarte für die Mittagsgerichte im Nikolausgrill standen seit Jahren die gleichen fünf Standardmenüs und ein wechselndes Wochengericht, das genau viermal wechselte, sodass man nach einem Monat alle Mittagsmenüs einmal durchprobiert hatte. Es gab - mit Eignungshinweisen für den Verbrauchertyp versehen:

<u>MITTAGSTISCH</u>
- für echte Männer: Schnipi (Schnitzel, Pils) 2,30 DM
- nach Hausfrauenart: Kartoffelsalat mit heißer Fleischwurst + ein Getränkt 3,30 DM
- schnell und unkompliziert: Frikadelle mit Brot + ein Getränk 2,40 DM
- klassisch: Currywurst Pommes Schranke + ein Getränk 3,40 DM
- exotisch: Toast Hawai + ein Getränk 2,80 DM

<u>Wochengericht</u>: Jägerschnitzel mit Pommes + ein Getränk 3, 50

Alle Gerichte wahlweise mit Ketchup, Senf oder Mayonnaise

Romeo ließ sich vermutlich wegen Maritas Brüsten auf einen Besuch im Nikolausgrill ein. Marita war um die fünfzig und Inhaberin des Grills und das Idealbild einer Ruhrpottschönheit: rot gefärbte schulterlange Krause in blond gefärbten Spitzen auslaufend, ihr graubrauner Naturton im Scheitelansatz erkennbar, sonnenbank-gebräunt, die vom Rauchen graue Gesichtsfarbe von einer Schicht aus Makeup und Puder missglückt überdeckt, gezupfte Augenbrauen durch einen schwar-zen Strich ersetzt, roter Lippenstift, riesengroße kreis-runde Ohrringe und gefährlich lange bemalte künst-liche Fingernägel. Da klebte wahrscheinlich nach einem Tag im Grill eine halbe Mahlzeit drunter. Gegen Abend verlor auch die wasserfesteste Wimperntusche ihre Festigkeit, wenn man wie eine Dunstabzugshaube den ganzen Tag mit dem Gesicht über dem Grill hängt, weshalb die Tuscheringe um Maritas Augen mit jeder Stunde schattiger wurden. Das verlieh ihr etwas Laster-haftes, das die Männer anzog und somit geschäfts-fördernd wirkte. Legendär waren Maritas Oberteile aus dünnem Stoff, unter denen sich ihre nicht gehaltenen, schwingenden Brüste und - je nach Gast - Brustwarzen abzeichneten. Während die männlichen Besucher auf dieser Ebene hängen blieben, faszinierte mich vor allem Maritas unteres Ende. Die Leggins oder Karotten-jeans steckten nämlich in Cowboystiefeln. Als ich sie einmal fragte, wie sie es in so unbequemen Schuhen aushalte, erzählte sie mir, dass sie sich, nachdem sie die Stiefel zum ersten Mal nach einem langen Arbeitstag ausziehen wollte, dermaßen damit abgequält habe, dass sie sie einfach über Nacht und auch an den nächsten drei Tagen anließ. Seitdem seien sie wie angewachsen und sie könne sich nicht vorstellen, je wieder andere Schuhe zu tragen.

Als wir den Laden betraten, wurden wir von einem ein Meter fünfzig großen Plastiknikolaus empfangen, der jedesmal, wenn die Tür auf- oder zuging sagte: »Komm rein! Mein Sack steckt voller Leckereien für dich!« Seine Hand war mit einer rosafarbenen Wäscheklammer präpariert, in der eine Wurst, eine einzelne Pommes, ein Schaschlikspieß oder andere frisch zubereitete Spezialitäten steckten.

An jenem Abend hielt der Nikolaus einen Schaschlik-spieß in der Hand, wovon ich mich inspirieren ließ und Schaschlik mit Pommes und ein Malzbier bestellte, Romeo anstandshalber und um in die Nähe der Brüste zu kommen, eine Portion Pommes ohne alles und ein Köpi. Der Laden war gut besucht, sodass wir uns an den Tisch neben dem Spielautomaten setzen mussten. Tische und Stühle waren aus Aluminium und auf den Tischen lagen abwaschbare rote Wachstuchdecken. In einer Ecke stand ein hoher Kühlschrank, aus dem man sich seine Getränke selbst herausholen musste, mit

Ausnahme des frisch gezapften Pils, die Fensterbänke zierten Plastikpflanzen und der ganze Laden war in Neonlicht getaucht. Die Geräuschkulisse war eine Komposition aus sich wiederholenden Quarten in immer höher werden Tonlagen aus dem Spielautomaten, die alle sechzig Sekunden in einer absteigenden Tonleiter ihr trauriges Ende fanden, um sich erneut aufzuschaukeln, dem Dröhnen des Kühlschranks, dem Zischen des Bratfetts, dem Knacken der Neonröhren, der Ansprache des Nikolaus‹ und dem Radioprogramm des Lokalsenders *RadioDU*. Der Nikolausgrill eignete sich daher weniger dazu, einen romantischen Abend zu zweit zu erleben oder tiefgründige Gespräche zu führen. Außer uns - oder besser gesagt außer mir - schien das auch niemand zu beabsichtigen. Ich redete nicht lange um den heißen Schaschlik herum, sondern fragte Romeo direkt: »Warum hat sie ausgerechnet dich um einen geheimen Gefallen gebeten?«

»Vielleicht enthält das ...« - beinahe hätte sich Romeo schon in seinem ersten Satz verplappert - »tatsächlich zu persönliche Hinweise, die man ungern mit der eigenen Mutter teilt. Betti hätte wahrscheinlich auch zu viele Fragen gestellt und immer wieder nachgebohrt. Naja, und dass sie dir plötzlich ein Geheimnis anvertraut beziehungsweise dich um einen sehr persönlichen Gefallen bittet, nachdem sie fünfzehn Jahre lang dein Vertrauen missbraucht hat, wäre absurd, oder?«

Ich intensivierte die Indiskretion: »Und wieso vertraut sie dir?«

»Weil sie mir vor vierzehn Jahren, nachdem ich zwei Jahre um ihre Gunst gebuhlt hatte, einen intimen vernichtenden Korb gab, der zumindest Andeutungen über ihr verschüttetes Seelenleben enthielt und mir zukünftiges Umwerben oder Einmischen in ihr Leben verbot. Und daran habe ich mich gehalten, was mir allerdings auch nicht besonders schwerfiel, denn nach solchen Offenbarungen hatte ich mehr Angst vor als Interesse an ihr. Und jetzt verlange bitte nicht von mir, dieses schreckliches Ereignis wieder auferstehen zu lassen. Es liegt gut zugedeckt irgendwo in meinem Hirn und da soll es auch bleiben.«

Das Essen, das zweite Köpi und die Brüste kamen und ich gönnte Romeo das Eintauchen in Letztere in der Hoffnung, dass der Testosteronschub ihm die Potenz gab, mir Mutters damaliges Bekenntnis anzuvertrauen.

»Romeo, es tut mir leid, wenn dich die Erinnerung an jenes Ereignis schmerzt, aber es ist sehr wichtig für mich, zu erfahren, was sie dir damals gesagt hat. Ich kann Mutter nur verzeihen, wenn ich verstehe, warum sie so geworden ist.«

Er lenkte ab oder brauchte noch etwas Zeit, um sich Mut anzutrinken: »Jetzt essen wir erst einmal.« Er rührte seine Alibipommes allerdings nicht an, sondern trank stattdessen sein zweites Bier in wenigen Zügen und bestellte ein weiteres. Nach dem dritten Köpi erlag er meinem charmanten Insistieren und war bereit, mir einen tiefen Einblick in die Vergangenheit zu gewähren: »Ich konnte es kaum mit ansehen, wie sehr Betti unter der damaligen Situation litt, sie kam fast um vor Sorge um ihre Tochter, aber Julia ließ nicht mit sich reden. Ich versuchte sie aus ihrem Zimmer zu locken, indem ich mich jeden Tag mit Eiscreme vor ihre Tür stellte und ihr mit den blumigsten Worten beschrieb, welchen Genuss sie sich gerade entgehen und auf den Teppich tropfen lasse. Ab und zu legte ich ihr das Eis in einem Schälchen vor die Tür und stellte Blumen dazu. Aber sie ließ sich nicht blicken und sagte keinen Ton. Nach sechs Wochen begann ich damit, wie ein Minnesänger unter ihrem Fenster Shakespeares *Romeo und Julia* vorzutragen, jeden Tag eine Szene. Und im dritten Akt geschah ein Wunder. Julia zeigte sich am Fenster und ich bekam deine Mutter zum ersten Mal länger zu Gesicht. Der Anblick zwang mich auf die Knie: Sie wirkte wie eine Lichtgestalt aus einer Märchenwelt, so unnahbar und wunderschön wie Rapunzel, Schneewittchen und Dornröschen in einem: Ein langer geflochtener blonder Zopf hing ihr über die Schulter, ein betörend großer sinnlich roter Mund trat aus einem blassen Gesicht hervor und ich war gekommen, um sie aus ihrem hundertjährigen tiefen Schlaf beziehungsweise ihrem Verstummen mit einem Kuss zu erlösen und für mich zu gewinnen.

Zwei Jahre später kam es dann zwar zu einem Kuss und der ersten und letzten gemeinsamen Nacht, die aber nicht sie dornröschengleich erlöste, sondern mich, ihren liebeshungrigen Retter, lahmlegte. Ich war berauscht und dachte, ich sei am Ziel meiner Träume. Doch als ich sie, nachdem wir uns geliebt hatten, in den Arm nehmen wollte, stand sie auf, zog sich einen Bademantel über, baute sich wie ein Henker vor mir auf und verpasste mir den alle zuvor erlebte Intimität zunichte machenden Stoß mit den Worten: ›Romeo, du bist wahrscheinlich ein Ausnahmemann, aber ich mache keine Ausnahme und habe mir geschworen, dass ich nie wieder eine Beziehung mit einem Mann eingehen werde, es sei denn, ich kann ihn für meine Pläne gebrauchen. Da ich ein potenzielles Opfer gefunden habe, das in meine Pläne passt, war der Akt gerade mein Abschiedsgeschenk für dich. Geh jetzt und hör in Zukunft auf, um mich herumzuscharwenzeln, sonst beißt der Fisch nicht an.‹ Es war der Fisch namens Robert, der Apotheker, den sie sich bis vor kurzem warmgehalten hat. Wie der in irgendwelche Pläne passen sollte, war mir bis zu dem Moment ein Rätsel, als das Jugendamt eure Wohnung durchsucht und dabei Julias Tablettenabhängigkeit aufgedeckt hat.«

Mutter hatte Romeo damals so tief verletzt, dass ihm

noch vierzehn Jahre später in der denkbar emotions-feindlichsten Atmosphäre des Nikolausgrills Tränen in sein Bierglas tropften.

»Das tut mir leid, Mutter ist ein Monster. Wie kann ein Mensch so kaltherzig sein? Hat sie denn nichts für dich empfunden?«

»So grausam diese Abfuhr damals auch war, in gewisser Weise hat sie mir gerade dadurch gezeigt, dass sie mich gern, aber Angst hatte, sich in mich zu verlieben. Denn die Intimität zwischen uns war alles andere als ein berechnendes Abschiedsgeschenk. Ihre Zärtlichkeit war so wundervoll und ehrlich, dass mich ihr verschüttetes freudvolles, herzliches und zerbrechliches Wesen durch-fuhr. Ich weiß, dass sie es auch so empfunden hat, denn nach unserer Vereinigung hat sie mit den Tränen gekämpft und ihren Kopf von mir weggedreht, damit ich es nicht bemerkte. Es waren Tränen der Liebe, die gleichzeitig ihre Wunden wieder aufgerissen haben. Ich habe über diese Tränen oft nachgedacht und glaube, dass in dem Moment, als sie den Kopf wegdrehte, der Schmerz die Liebe besiegt hatte. In diesen Sekunden hat sich ihr Unterbewusstsein für die Vermeidung zukünftiger Schmerzen zu dem Preis, sich jegliche Liebe und Empathie zu versagen, entschieden. Deshalb ist sie so plötzlich aufgesprungen und hat mir drastisch zu verstehen geben, dass ich aus ihrem Leben verschwin-den solle. Ihr muss etwas zugestoßen sein, das die

Macht hatte, das Liebesbedürfnis zu begraben. Deine Mutter konnte zu dem Zeitpunkt nicht anders handeln, sie war noch nicht soweit. Insofern habe ich ihr dieses Verhalten verziehen. Aber was ich ihr nicht verzeihen kann, ist, dass ihre Sucht nach Genugtuung auch vor der Instrumentalisierung und Vernichtung ihres eigenen unschuldigen Kindes keinen Halt macht, dass sich ihre Kaltblütigkeit verselbstständigt hat. Betti und ich haben immer wieder auf sie eingeredet, dass sie sich psychotherapeutische Hilfe holen müsse, dass sie nicht nur ihr eigenes, sondern auch das Leben anderer, deines an erster Stelle, zerstöre. Aber sie war so manisch, dass kein Flehen und keine Aufforderung sie erreichte. Die zwangsweise Einweisung war die einzige Möglichkeit, dich vor ihr zu schützen. Meinst du, du kannst ihr irgendwann verzeihen?«

»Ich weiß es nicht. Dazu müsste sie mir erstens alles erzählen, die ganze Wahrheit, zweitens einsehen und zugeben, dass sie mich missbraucht hat, drittens mir zeigen, dass sie Mitgefühl hat, viertens sich mehrfach entschuldigen und mich um Verzeihung bitten und fünftens eine langfristige Therapie machen. Und ehrlich gesagt, kann ich mir das bei Mutter nicht vorstellen, jedenfalls wäre sie dann nicht mehr Mutter wie ich sie kenne, sondern ein anderer, besserer Mensch.«

»Ich verstehe dich und du bist zu Recht zutiefst verletzt und wütend. Aber ich wünsche mir, dass du ihr eine

Chance gibst.«

»Es ist mir unheimlich, dass mir Mutter immer fremder wird, je mehr ich über sie erfahre, und ich mir eingestehen muss, dass ich diesen Menschen gar nicht kenne. Aber gerade deshalb werde ich nicht aufgeben, ihre geheimnisumwitterte Vergangenheit aufzudecken. Ein weiterer Schritt dahin wäre, dass du mir verrätst, was du Julia bringen sollst.«

»Ein Buch«, gab sich Romeo geschlagen.

Enttäuscht fragte ich: »Ein Buch? Geht es etwas genauer?«

»Es muss für sie eine besondere Bedeutung haben, da sie mich mehrere Male ermahnte, sehr sorgfältig damit umzugehen und aufzupassen, dass das Foto nicht herausfalle, das zwischen den Seite liege. Außerdem konnte sie haargenau die Stelle angeben, wo es in dem Bücherregal steht: ganz oben, in der zweiten Reihe, nur mit Trittleiter zu erreichen, das dritte Buch von rechts, mit einem selbstgenähten grünen Filzumschlag.«

»Jetzt wird die Sache schon interessanter: Vielleicht geht es ihr vor allem um das Foto.«

Vor Neugier platzend konnte ich den Grill nun gar nicht schnell genug verlassen: »Soll'n wir los?« Romeo nahm Blickkontakt zu Marita auf, die brachte die Rechnung und gewährte Romeo einen letzten sündigen Blick. »Das war doch ein günstiges Date, oder? Da können deine Eisbecher preislich kaum mithalten.« Romeo empörte sich: »Die reduzieren dafür aber auch nicht deine Lebenserwartung. Das sind im Vergleich zu dem Fraß hier richtige Vitaminmöpse.« Ich musste lachen: »Was hast du gesagt? Vitaminmöpse? Marita scheint dich ja ganz schön in ihren Bann gezogen zu haben.« »Also bitte, Lotte, ich habe Vitaminbomben gesagt und finde es unmöglich, dass sie ihre Tittis so frei schwingen lässt. Ich frage mich, warum sie keine Busenhalterung trägt.«

»Man sagt Büstenhalter; weil Männer wie du so das ein oder andere Bier mehr bestellen.« Romeo fühlte sich ertappt und wurde rot: »Stopp, du bist eindeutig zu jung für solche Gespräche. Woher hast du nur ein solches Männerbild?« Ich kam tatsächlich ins Grübeln und sagte: »Gute Frage, von Mutter? Vom Fußball? Ist es denn unzutreffend?« »Das wirst du schon selbst herausfinden müssen. Komm, raus aus diesem Schuppen.« Unsere Haare und Kleidung waren mit Frittierfett imprägniert - Romeo sagte: kontaminiert - und mein Gesicht fühlte sich an, als hätte ich eine Gesichtsmaske für extra trockene Haut aufgetragen. Und wahrscheinlich rochen wir wie frisch aus der Fritteuse, was aber niemand merkte, da die meisten Beecker so rochen.

* * *

Als wir wieder zu Hause ankamen, war es neun Uhr. Romeo bereitete sich in der Küche einen Espresso zu, während ich das Buch aus Mutters Zimmer holte. Es befand sich genau an der Stelle, die Mutter beschrieben hatte. Es handelte sich um die Erzählung *The Red Pony* von John Steinbeck. Ich erinnerte mich daran, dass Großmutter mir einmal erzählt hat, dass mein Großvater einen amerikanischen Autor sehr verehrt und alles von ihm gelesen habe, was er bekommen konnte. Ich meinte, das sei Steinbeck gewesen. Ich fragte Romeo, ob er den Autor kenne und war verblüfft, als er sagte, dass man in seinem Leben etwas Wichtiges verpasst habe, wenn man nicht wenigstens *Tortilla Flat*, *Von Mäusen und Menschen*, *Früchte des Zorns*, *Die Straße der Ölsardinen* und *Jenseits von Eden* gelesen habe. Steinbeck habe sogar Ende der Sechziger den Nobelpreis bekommen. »Und du hast die aufgezählten Romane alle gelesen?« »Ich gebe zu, dass Julia mich auf Steinbeck gebracht hat. Als ich noch hinter ihr her war, hatte sie ihn einmal als ihren Lieblingsautor erwähnt und da ich sie beeindrucken und mich als Steinbeck-Kenner ausgeben wollte, habe ich Betti gefragt, ob sie mir Jimmys Bücher von Steinbeck leihen könnte. Bereits nach den ersten Seiten war ich gefesselt und habe dann fast alle Romane von ihm gelesen, aus dem ehrenhaften Motiv purer Leselust, auch wenn ich nicht leugnen möchte, dass ich meine Lektürekenntnis beim Balzen so oft es ging in den Vordergrund gerückt habe und ich glaube sogar, dass mir das ein wenig die Tür zu Julias Herz geöffnet hat.«

Großmutter kam gut gelaunt vor sich hin summend herein und erschrak, als sie uns zu so später Stunde in ernstem Gespräch am Küchentisch sitzen sah: »Ist etwas passiert?« Ich verbarg das Buch blitzschnell unter meinem Pullover.

Romeo nahm charmant die Spannung heraus: »Keine Sorge. Wenn du in so guter Laune bist, darf ich dir zur Pokerkönigin gratulieren? Möchtest du einen Espresso?« Großmutter nickte: »Heute war es tatsächlich so: Wer mit mir gespielt hat, war immer auf der Gewinnerseite.« »Ich habe es immer geahnt, dass du uns eine frühere Strippokerkarriere verheimlichst.« »Das hättest du wohl gerne, mein kleiner Schweinigel. In meiner Hausfrauenrunde wird prüde gedoppelkopft und der Strip reicht höchstens bis zum Fallenlassen der Kittelschürze.«

Romeo küsste sie auf den Kopf und widersprach: »Aber bella donna, du bist eine wunderschöne Frau in den besten Jahren. Und du solltest dir die Männer nicht so vom Leib halten, Liebe hält jung!«

»Jaja, ich weiß schon, Romeo. Komm, setz dich. Was riecht hier eigentlich so penetrant nach Bratfett und was habt ihr euch denn noch so spät zu erzählen?«

Romeo schaute mich unschlüssig an und wir waren

unsicher, ob wir unsere Entdeckung mit Betti teilen sollten, schwiegen aber einen Moment zu lange, als dass sie die Lunte nicht gerochen hätte: »Los, raus damit, was verheimlicht ihr mir?«

Ich zog langsam das Buch unter dem Pullover hervor und legte es auf den Tisch.

»Was ist das für ein Buch?«, fragte Betti.

Romeo gestand, dass Julia ihn beauftragt habe, dieses Buch aus ihrem Zimmer zu holen und ihr zu bringen, ohne Mutter und Tochter davon etwas zu sagen und dass Lotte ihn dabei erwischt habe. Als Großmutter sah, um welches Buch es sich handelte, hielt sie sich die Hand vor den Mund: »Ach du meine Güte!«

»Was ist denn damit?«, fragte ich aufgeregt.

Großmutter schlug das Buch auf, fuhr zärtlich über einen handschriftlichen Eintrag und begann erschüttert zu erzählen: »Hier seht ihr das letzte Lebenszeichen von Jimmy, eine Widmung für Julia, die er einen Tag vor seinem Tod mit zitternder Hand hineingeschrieben hat.« In die Erinnerung an die letzten gemeinsamen Stunden mit ihrem Mann versunken las sie: »›For my little blond Pony Julia. I‹ll always be with you. Dad. Neasden, 16.10.1956.‹ Jimmy hat ihr jeden Abend aus den Romanen von Steinbeck vorgelesen, obwohl sie dafür eigentlich noch zu klein war. Und das hier war ihre Lieblingsgeschichte. Nach Jimmys Tod sollte ich seine Rolle einnehmen, aber ich hielt die Erzählungen für absolut nicht kindgerecht und habe ihr stattdessen aus meinen eigenen Kinderbüchern vorgelesen. Ich glaube, sie hat sich nur so lange mit diesem Kompromiss zufrieden gegeben, bis sie selber gut genug lesen konnte und hat die Steinbecks dann heimlich unter der Bettdecke gelesen. Anders konnte ich mir nicht erklären, dass sie immer öfter auf die abendliche Vorlesestunde mit mir verzichtete.«

Ich wollte wissen, was es mit der Widmung, die sich über Jimmys Eintrag befand, auf sich hat. Großmutter fuhr fort: »Jimmy hat Steinbeck persönlich getroffen, während des Kriegs in Italien, und dort hat er ihm diese Widmung in das Buch geschrieben.«

Lotte las laut vor: » ›Take care of yourself, my friend! And keep a pure heart. All the best. John Steinbeck. Sizilien, 16. Juli 1943.‹ Wow, das ist ja richtig nett.«

»Ja, Jimmy hat immer gesagt, er sei ein prima Kerl. Vielleicht war er das. Für seine Romane konnte ich mich allerdings nie in dem Maße begeistern wie Jimmy.«

Da brach Romeo eine Lanze für Steinbeck: »Betti, da muss ich dir ausnahmsweise widersprechen. Ich habe selten so ergreifende Literatur gelesen, außer Shakespeare.«

»Eventuell liegt es daran, dass es doch zumeist um derbe Männerwelten und viel Alkohol geht. Und damit habe verhängnisvolle Erfahrungen gemacht.« Sie hielt kurz inne und winkte ab: »Ist ja auch nicht so wichtig.«

»Dafür hast du alle Miss Marple-Krimis verschlungen«, sagte Romeo versöhnlich.

Mir fiel noch etwas mit Bleistift Hinzugefügtes unter der Widmung meines Großvaters auf, das schnell und unordentlich geschrieben wirkte: »Schaut mal, hier hat jemand ziemlich wütend mit drei Ausrufezeichen versehen ›I hate you!!!‹ druntergeschrieben. Das ist doch Mutters Schrift, oder?« Großmutter schaute verdutzt auf den Schriftzug: »Das sehe ich zum ersten Mal. Ja, es ist Julias Handschrift.«

»Warum schreibt sie nach dem Tod ihres Vaters unter seine liebevolle Botschaft, dass sie ihn hasst? Sie muss doch irgendetwas erfahren haben über ihn, das sie im Nachhinein sehr verletzt hat.« Romeo tippte mich an, um mich auf Großmutter aufmerksam zu machen und zum Innehalten zu bewegen. Sie saß blass, versteinert und mit abwesendem Blick da. Romeo holte ihr ein Glas Wasser. Ich nahm ihre Hand und holte sie in die Gegenwart zurück: »Großmutter, trink einen Schluck. Möchtest du dich hinlegen, es ist eh schon ziemlich spät geworden? Wir können morgen weiterreden.«

Sie ging nicht auf mich ein und sprach wie zu sich selbst: »Wie hat sie es herausgefunden? Helene? Warum hat sie mich nie gefragt? Denkt sie, ich weiß es nicht?« Romeo wurde es zu schauerlich, er riss Großmutter aus ihrem Selbstgespräch, indem er polternd aufstand, das Buch vom Tisch nahm und es geräuschvoll zuklappte. Dabei fiel ein Foto heraus und landete neben Bettis Stuhl. Ich hob es auf und musste über den merkwürdigen jungen Mann schmunzeln, der in gelber Hose, blauem Frack und Dreispitz auf dem Kopf fehl am Platze neben einem riesigen Militärfahrzeug stand. Großmutter starrte es an und war so abgetaucht, dass sie mir keine Antwort auf mein Frage, wer das auf dem Foto sei, gab.

Betti

Nachdem sie das Foto einige Minuten schweigend in der Hand gehalten hatte, stand sie auf und schüttelte ihre Beine und Arme aus, als machte sie sich bereit für einen Kampf. Der Feind war in diesem Fall ein verschwiegener alkoholinduzierter Verschmelzungs-skandal am 09. Mai 1945. Sie redete sich eine Stunde ohne Unterbrechung bis Mitternacht eine Last von der Seele und Romeo und ich hielten uns an der Tischkante fest, damit wir vor Erschütterung nicht vom Stuhl kippten.

Sie begann im Jahre 1938: »Am 01. Dezember 1938 bestieg ich zwei Wochen vor meinem sechzehnten Geburtstag ohne meine Eltern, den Zug nach Rotterdam und kam dreißig Stunden später mit dem ersten Kindertransport, der England erreichte, in Harwich an. Auf der Überfahrt freundete ich mich mit der ein Jahr älteren Helene Binz aus Berlin an und wir hatten das Glück, dass Helene in der Nähe, bei den Browns in Kingsbury Green, einem Nachbarort von Neasden, unterkam. Wir arbeiteten beide als Haushalts-hilfe und Kindermädchen in unseren Pflegefamilien und trafen uns beinahe täglich auf unseren Spaziergängen im nahegelegenen Park, wo wir mit den Kindern die Nachmittage verbrachten. Schon bald machten uns der älteste, einundzwanzigjährige Sohn der Browns, Jack, und dessen bester Freund Jimmy Thompson, beide Soldaten der Royal Air Force, den Hof. Einige Monate ging es mit dem Schöntun und Poussieren kreuz und quer, bis man sich entschieden hatte, wer nun fest zu wem gehörte, wobei der Zufall wahrscheinlich eine große Rolle spielte. Ein knappes Jahr später, im Mai 1940 begann das mehrjährige Zittern um die Geliebten, denn Churchill hatte zum Luftangriff auf Deutschland geblasen und Jack und Jimmy warfen ihre ersten Bomben über Mönchengladbach ab. Ein Jahr lang versuchte Hitler mit Luftangriffen die Briten in die Knie zu zwingen und Jack und Jimmy vom Himmel zu holen. Aber die beiden überlebten die Blitzkriege und als im Mai 1941 die deutsche Luftoffensive erlahmte, durften sie einige Wochen in unseren Armen - und wie sich neun Monate später herausstellte: Jack wohl auch in Helenes Bett - verschnaufen. Ihr erstes Kind, die kleine Emmy, kam in der Nacht vom 28. auf den 29. März 1942 zur Welt, als Jack einen Luftangriff auf das historische Zentrum von Lübeck flog. Bis 1945 wusste ich nicht, ob meine Eltern und mein sieben Jahre älterer Bruder noch lebten. Ich hatte allerdings durch Jack, der jemanden beim Internationalen Roten Kreuz kannte, erfahren, dass sie nach Bergen-Belsen deportiert worden waren und hatte vergeblich versucht über eine versteckte Mitteilung auf einem Rot-Kreuz-Brief Kontakt mit ihnen aufzunehmen. Und dann war der Krieg endlich vorbei. Ich weiß noch genau, wie wir am 08. Mai 1945 zu viert zum Picadilly Circus fuhren und zusammen mit tausend anderen den V E Day feierten. Aber ich wollte keine Zeit verlieren, ging bald darauf nach Hause und schrieb einen Brief an meine Familie nach Bergen-Belsen. Ich befürchtete das Schlimmste, da ich nie ein Lebenszeichen von ihnen bekommen hatte. Drei Monate später kam der Brief mit dem Hinweis auf der Rückseite des Umschlags zurück: ›Deportiert nach Auschwitz am 13.09.44‹. Es dauerte noch weitere acht Monate, bis die Listen der in Auschwitz ermordeten Juden im Bloomsbury House einzusehen waren und ich meine traurige Vorahnung schwarz auf weiß mit Namen, Geburtsdatum und -ort, Internierungsnummer und Todesdatum an der Wand hingen sah:

```
Schröder, Hermann  / July 7, 1899, Duisburg /
135589 / December 24, 1944
Schröder, Gisela   / Jan. 9, 1900, Duisburg /
135590  / December 24, 1944
Schröder, Erwin   / Nov. 20, 1920, Duisburg   /
135591 / March 5, 1945
```

Aber davon wusste ich am 08. Mai noch nichts und als

die anderen vom Picadilly Circus zurückkamen, konnte ich meine Sorgen vorerst verdrängen und ließ mich von dem Freudentaumel anstecken. Wir feierten mit Nachbarn und Freunden im Garten, es wurde viel gelacht, getanzt, geflirtet, geküsst und noch mehr getrunken. In der Morgendämmerung lagen einige berauschte Mann-Frau-Gespanne, die es nicht mehr nach Hause geschafft hatten, im Garten auf dem Rasen oder halb versteckt hinter den Bäumen, wenn sie nicht zusammengehörten. Jimmy und ich nahmen das Angebot an, bei Helene und Jack zu übernachten, da Jimmy seinem Spitznamen »Jim Beam« auch dieses Mal gerecht geworden war. Er war in seiner Einheit sowohl für die Absturzunmöglichkeit in der Luft als auch die Absturzgewissheit beim Trinken berüchtigt und war bei jedem gemeinsamen Umtrunk der Erste, dessen Kopf auf dem Tisch lag. Als es gegen Mitternacht so weit war, verabschiedete er sich torkelnd ins Bett.

Jack holte drei Flaschen Porter und ein Skatblatt aus der Küche und war nach einigen Skat- und Porterrunden der nächste, der sich nicht mehr gerade halten konnte und sich empfahl. Helene und ich saßen noch eine Weile zusammen und ließen bei einer Flasche Wein unsere Kindheit aufleben. Aber auch der viele Alkohol konnte meine Sorgen um meine Familie nicht völlig betäuben und ich erzählte Helene von dem Brief an die Eltern nach Bergen-Belsen, den ich einige

Stunden zuvor geschrieben hatte. Sie tröstete mich und versuchte mir Mut zu machen. Ihre Eltern waren im letzten Moment, ein Jahr nach Helenes Ausreise nach England, in die USA emigriert und hatten damit ihr Leben gerettet. Als Helene ihre Augen nicht mehr offenhalten konnte, legte sie einen Arm um mich und wollte mit mir hineingehen, aber ich wollte noch einen Moment alleine auf der Terrasse sitzenbleiben. Von drinnen hörte ich ein Poltern und Aufstöhnen. Helene hatte auf der Treppe im Gehen versucht, sich ihr Kleid über den Kopf zu streifen, um sich direkt ins Bett fallen lassen zu können, hatte sich dabei aber verheddert und war gestolpert. Ich schwankte zu ihr, befreite sie von ihrem Kleid, half ihr aufzustehen und begleitete sie bis zu ihrer Zimmertür. Auf der Treppe merkte ich, dass mir ziemlich schwindelig war, weshalb ich nicht mehr auf die Terrasse, sondern direkt in das Gästezimmer ging und mich ins leere Bett legte. Verschwommen dachte ich noch, dass Jimmy wahrscheinlich gerade austreten musste und fiel im gleichen Augenblick in einen komatösen Schlaf. Als ich am nächsten Morgen aufwachte, war das Bett wieder leer. Da ich Geräusche in der Küche hörte, dachte ich, dass Jimmy wahrschein-lich schon aufgestanden war und den Frühstückstisch deckte. Aber ich traf nicht Jimmy in der Küche, sondern Jack, der vor sich hin pfeifend Rührei mit Speck briet, als hätte ihm das Gelage nichts ausgemacht und ich fragte ihn, wie er das nur so leicht wegstecke und warum er schon auf den Beinen sei? Er sagte: ›Alles eine Frage des Trainings und die Couch lud auch nicht gerade zum süßen Schlummern ein.‹ Erstaunt fragte ich ihn, wieso er auf der Couch geschlafen habe. Er frotzelte: ›Naja, Betti, ich will dir ja nicht zu Nahe treten, aber ich musste mich entscheiden, ob ich lieber neben einer nicht wach zu bekommenden Kettensäge oder auf einer zu kleinen Couch meinen Rausch ausschlafen wollte und da hatte dein Mann das Nachsehen und außerdem konntet ihr zwei Ladys euch so gemeinsam eure alten Kinderlieder zum Einschlafen vorsingen, womit Helene sonst jeden Abend etwas wehmütig und nicht immer erfolgreich unsere Kleine versucht in die Traumwelt zu überführen.‹ Ich schaute Jack entgeistert an, er brauchte einen Moment, bis er den Grund meiner Verwirrung witterte, dann hoben wir beide den Kopf Richtung Schlafzimmer, blickten uns wieder an und nach einem kurzen Verweilen in bösen Vorahnungen zuckte er gutgläubig und beschwichtigend mit den Schultern und fragte mich, ob ich einen Kaffee wolle. Ich hielt ihm eine Tasse hin und ließ sie vor Schreck fallen, als ich einen Aufschrei hörte. Kurz darauf betrat eine rotköpfige und derangierte Helene die Küche. Ihr fehlten die Worte, weshalb sie gestisch versuchte Kausalität herzustellen, indem sie mehrmals mit dem Zeigefinger abwechselnd auf ihren Jack, der mit der

Kaffeekanne in der Hand vor ihr stand, und meinen Jimmy, der oben in ihrem Bett lag, zeigte. Seufzend ließ sie sich auf einen Stuhl fallen und schlürfte schuldlos schuldig geworden ihren Kaffee.«

An dieser Stelle unterbrach ich meine Großmutter, um sicherzugehen, dass ich richtig kombinierte: »Du willst damit sagen, dass Jimmy das Gäste- mit dem Ehebett verwechselt hat und schnarchend vor sich hin schlummerte, weshalb Jack die Wohnzimmercouch vorzog und Helene sich später zu Jimmy ins Bett legte in der Annahme, dass Jimmy Jack sei und erst am nächsten Morgen den Irrtum bemerkte?«

»Ja, und es wurde noch grotesker, als Jimmy frisch geduscht und zufrieden strahlend in die Küche marschiert kam, mir einen Kuss gab, sich genüsslich Rührei auf den Teller schaufelte und sagte, dass er noch länger geschlafen hätte, wenn er nicht durch einen Traum, in dem jemand laut aufgeschrien hätte, aufgeschreckt worden sei. Ich weiß bis heute nicht, ob er uns etwas vorgespielt hat oder wirklich nicht bemerkt hatte, dass er nicht mit mir, sondern mit Helene die Nacht verbracht hatte. Jedenfalls gingen wir über den Fauxpas hinweg, da allen mildernde Umstände zugesprochen werden mussten. Ich hatte die Nacht bald vergessen, aber sie drängte sich erneut auf, als ich am 08. Februar 1946 Pete, Helenes und Jacks zweites Kind, mit seinen schwarzen Löckchen in den Armen hielt.

Helene, Jack und ihre erste Tochter Emmy haben glatte, rote Haare, Jimmy hatte schwarze Locken.«

»Und ihr habt nie die Karten auf den Tisch gelegt? Man möchte doch Gewissheit darüber haben.«

»Weißt du, Lotte, es kann gesünder sein, Leben und Wahrheit zu trennen und das Leben nicht durch die Wahrheit auf eine gefährliche Probe zu stellen.«

»Wie meinst du das?«

»Ich hatte einen liebenswerten Mann, der gut zu mir war und mit dem ich mir vorstellen konnte, eine Familie zu gründen. Vielleicht hätten wir die Wahrheit über das, was in jener alkoholgeschwängerten Nacht zwischen Helene und Jimmy vorgefallen ist, verkraftet, aber das Risiko eines Bruchs zwischen allen Beteiligten bestand trotzdem und derjenige, der am wenigsten dafür konnte, Pete, hätte das größte Leid davon getragen. Denn Jack ließ sich nicht den geringsten Zweifel daran anmerken, dass Pete sein Sohn ist und schenkte ihm die gleiche Zuneigung und Aufmerksamkeit wie Emmy und dem drei Jahre später geborenen Timothy. Auch Jimmys Verhältnis zu Pete war das eines herzlichen Onkels, den die Kinder gerne um sich hatten, nicht mehr und nicht weniger. Was ich damit sagen möchte, ist, dass wir zwei zufriedene, befreundete Familien waren, die zusammenhielten und gemeinsam so viel durchgestanden hatten, dass wir uns dieses Glück nicht durch die Aufklärung des wahren Tathergangs in jener

Nacht, in der eventuell zwei Freunde, die dachten, sie lägen neben ihren Ehepartnern, halbbewusst ineinandergeraten waren, nehmen lassen wollten. Jeder hat die Verdrängung gewählt, auch wenn sie bei dem einen mehr, bei dem anderen weniger von Zeit zu Zeit an die Oberfläche kroch. Bei mir sollte sie sich allerdings so ausbreiten, dass ich sie nicht mehr in die Tiefen verbannen konnte und mich der Anblick Petes und Jimmys zunehmend schmerzte.«

»Vielleicht wäre der Preis der Gewissheit wirklich sehr hoch gewesen, aber dass Jimmy der Vater von Pete ist, wurde trotzdem offensichtlich, wie du sagst und es war schrecklich für dich, damit leben zu müssen. Wie bist du mit diesem Schmerz die nächsten fünfzehn Jahre, bis zu deiner Flucht, umgegangen?«

Großmutter überging die nächsten vier Jahre mit der ausweichenden Antwort: »Naja, irgendwie habe ich es wohl überstanden und als ich schwanger wurde, war die Sache erst einmal vom Tisch.«

Ich schaute Romeo fragend an, um mich zu vergewissern, ob er auch bemerkt hat, dass Großmutter gerade einen zu großen Bogen um etwas gemacht hatte. Das hat er, aber er machte eine beschwichtigende Geste und hielt mich damit vom Nachbohren ab.

Sie fuhr mit ihrer Erzählung fort: »Julia ist drei Wochen vor Timothy auf die Welt gekommen, am 15.01.1949. Die beiden haben oft miteinander gespielt, in den ersten Jahren waren auch Emmy und Pete meistens dabei, aber als zuerst Emmy und drei Jahre später Pete auf die Mittelschule wechselten und in die Pubertät kamen, gingen die Interessen so weit auseinander, dass Julia sich, wenn wir die Browns besuchten, vor allem mit Timothy die Zeit vertrieb. An Pete zeigte sie wenig Interesse und er vergrub sich in der Regel auch lieber in seine Bücher, als sich mit den beiden Jüngeren zu beschäftigen. Im Sommer 1965, als ich England verließ, war Pete mit der Schule fertig und hatte sich erfolgreich um ein Stipendium in Oxford beworben, wo er im Oktober hinzog und sein Studium begann, während Julia weiterhin bei den Thornbys wohnte und im September auf das College wechselte. Das heißt, dass das Leben der beiden ab da auch räumlich keine Überschneidungen mehr hatte und ich verstehe nicht, warum das Geheimnis um die gemeinsame Abstammung ans Licht kommen musste.«

Ich verstand Großmutters Schlussfolgerung und den Bezug zu dem Foto nicht ganz und fragte: »Wieso bist du dir so sicher, dass Julia davon erfahren hat? Und was hat das mit dem Foto zu tun?« Großmutter holte ein altes Fotoalbum und zeigte uns ein Bild, auf dem sie Arm in Arm mit Jimmy zu sehen war, kurz nachdem sie sich kennengelernt hatten, Jimmy war damals einundzwanzig, und legte das Foto aus Julias Buch daneben. Ich stand nach wie vor auf dem Schlauch: »Ja und? Was ist so ungewöhnlich daran, dass Julia ein Foto ihres Vaters besitzt?«

Romeo bediente sich seiner Muttersprache meistens dann, wenn er besonders liebreizend sein wollte oder fluchte. Sein Aufschrei: »Che schifo!« war scheinbar der passende Ausdruck für die Erkenntnis, die sich bei mir nicht einstellte, und die dementsprechend großer Mist sein musste: »Schau dir die Fotos genau an, Lotte. Das eine ist dein Großvater und das andere Pete. Und jetzt ist auch Julias Wutausbruch unter der Widmung von Jimmy verständlich: Sie hat erfahren, dass er mit Helene ein Kind gezeugt und ihre Mutter hintergangen hat. Denn keiner kann es für einen Zufall halten, dass die beiden gleich aussehen, die Affäre ist offensichtlich.«

Großmutter intervenierte: »Die Frage bleibt allerdings, warum sie dieses Foto bei sich hatte und aufbewahrt hat und ob sie Helene zur Rede gestellt hat.«

»Und warum sie nicht mit dir darüber gesprochen hat«, fügte ich hinzu, »meinst du, sie dachte, dass du von dem Fehltritt nichts weißt? Wollte sie dir die schmerzhafte Offenlegung ersparen?«

Großmutters Blick schweifte ab und sie drohte wieder die Realität zu verlassen, da sie offensichtlich hinter Zusammenhänge gekommen war, die ich noch nicht erfasst hatte. Ich rüttelte an ihr, worauf sie mich mitleidig anschaute und mich an ihre Brust drückte, bevor sie ihre Gedanken aussprach: »Erinnerst du dich an die Worte, die deine Mutter bei der Geburt gesagt hat?«

»Nicht genau, irgendetwas mit Sünde.«

Großmutter zitierte Julia: »Meine Sünde ist geboren. Meine Sünde hat noch keinen Namen. Ich nenne sie Lotte.«

Romeo seufzte: »Oh merda!«

Ich verlor die Fassung, sprang auf, kippte den Stuhl um: »Wollt ihr mir weismachen, dass ich ein Kind der Inzucht bin und mein Vater mein Halbonkel ist? Aber du hast doch gesagt, dass Pete und Mutter kaum Kontakt hatten und außerdem sehe ich ihm überhaupt nicht ähnlich. Ich habe rotblonde Haare und grüne Augen, das ist weit weg von schwarzen Locken und blauen Augen.«

Romeo nahm mich in den Arm, ich beruhigte mich und setzte mich wieder hin. Wir schwiegen und brauchten eine Weile, um das Ganze zu verdauen. Ich fand als Erste meine Sprache wieder und wollte die Erkenntnisse noch einmal in einen Zusammenhang bringen: »Also, Folgendes könnte passiert sein: Mutter und Pete haben nach deiner Abreise doch Gefallen aneinander gefunden und Mutter ist etwa ein Jahr später, also im August 1966, wahrscheinlich ungewollt, schwanger geworden. Im Dezember hat sie erfahren, dass Pete ihr Halbbruder ist und hat daraufhin versucht, mich zu töten, weil es für eine legale Abtreibung schon zu spät war und sie die wahren Gründe dafür niemandem gestehen wollte. Wenn das wahr wäre, hätte ich ziemliches Glück gehabt, aus dieser inzestuösen Verschmelzung heil hervorgegangen zu sein. Ich muss Mutter damit konfrontieren.« Großmutter bat mich, vorher mit Frau Rosenowsky, Mutters Psychotherapeutin, zu sprechen, da diese Erkenntnisse den Verlauf der Therapie maßgeblich beeinflussen könnten. Bevor wir mit hängenden Köpfen auseinander gingen, machte ich noch Fotos von den Widmungen und Mutters Kommentar in dem Buch und dem Foto von Pete, falls die Ärztin sie sehen wollte. Am nächsten Tag brachte Romeo Julia das Buch und ließ sich für mich einen Termin bei Frau Dr. Rosenowsky geben.

Lotte

Während ich Frau Dr. Rosenowsky meine Fotos von der Buchseite aus Steinbecks Roman und dem Bild von Pete zeigte und ihr erzählte, was ich von Großmutter darüber erfahren habe, nickte sie mal schneller mal langsamer, so als setzte sie sich mit jedem Satz, den ich sagte, das Trauma-Puzzle der Mutter mehr und mehr zusammen. Sie legte mir ihre Hand auf die Schulter und sagte: »Lotte, ich danke dir für dein Vertrauen. Mit diesen Informationen hast du mir sehr geholfen und wir werden in der Therapie einen großen Schritt nach vorne machen. Aus den Gesprächen mit deiner Mutter konnte ich den Schluss ziehen, dass die Ursache des Traumas keine Vergewaltigung ist, sondern mir schien das Gegenteil der Fall zu sein: eine starke Liebe, die auf eine Weise zerrissen wurde, die deine Mutter nicht beeinflussen konnte und für die es keinen glimpflichen Ausweg gab. Diese Vermutung unterstützen deine Aussagen.«

Jedenfalls scheint die Literatur eine besondere Rolle für deine Mutter gespielt zu haben und seit einigen Wochen wieder zu spielen. Ich erinnere mich noch daran, dass du ganz überrascht warst, als du deine

Mutter das erste Mal in der Klinik besuchen wolltest und ich dir sagte, dass sie mit einem Buch am See sitze und lese. Es ist auffällig, dass sie nach etwa einer Woche in der Klinik angefangen hat, jeden Tag ein wenig zu lesen, dann immer mehr und mittlerweile liest sie stundenlang und gleitet dabei in eine andere Welt ab. Einen Grund dafür hast du vorhin geliefert: Die Romane von Steinbeck verbinden sie mit ihrem Vater. Aber sie beschäftigt sich seit Wochen mit ein und demselben Buch. Sie liest es nicht bloß, sondern studiert es geradezu, schreibt sich immer wieder Notizen dazu auf und markiert Textstellen.«

»Was ist es denn für ein Buch?«, fragte ich verwundert.

Bevor Frau Rosenowsky mir antwortete, musste sie sich setzen, schlug sich mit der Hand vor die Stirn und schüttelte den Kopf: »Wieso bin ich da nicht vorher drauf gekommen? Es handelt sich um *Die Leiden des jungen Werther* von Goethe.«

Jetzt musste ich mich setzen: WERTHER! Der Kosename meines Vaters. Aber wieso kannte Frau Rosenowsky ihn? Ich hatte ihr von dem Liebesbrief von Werther doch gar nichts erzählt, weshalb ich sie danach fragte: »Woher wissen sie, dass er sich Werther nennt?«

Dr. Rosenowsky schaute mich etwas verwirrt an: »Wer? Nein, es geht nicht um Werther. Es geht um Dich: Lotte. In dem Roman verliebt sich Werther unsterblich in eine junge Frau namens Lotte, die einen anderen, wohlhabenden und mächtigen Mann heiraten muss, um die Existenz ihrer Familie zu sichern. Werther verwindet diese Trennung nicht und bringt sich um. Eine tragische Liebe, die in der Katastrophe endet. Deshalb hat sie dich Lotte genannt.«

»Werther ist mein Vater!«

»Wie meinst Du das?«

»Ich muss Ihnen noch etwas beichten: Ich habe den Schlüssel zu dem Koffer gefunden, mit dem Mutter aus England hier angekommen ist und den sie auf dem Speicher deponiert hat. Darin liegen einige Briefe von ihrer damaligen Freundin Lissy, bei der sie nach Großmutters Wegzug gewohnt hat. In Lissys letztem Brief bin ich auf einen Hinweis auf meinen möglichen Vater gestoßen, einen bekannten Modefotografen, Dean Bale, der ziemlich unzüchtige Fotos von Mutter gemacht hat, die ebenfalls in dem Koffer liegen, weshalb Lissy ihr die Freundschaft endgültig gekündigt hatte. Ich habe Herrn Bale angerufen und er hat mir versichert, dass er nicht mein Vater ist, aber jenen jungen Studenten erwähnt, mit dem Mutter zusammen gewesen sei. Er konnte sich nicht mehr an den Namen erinnern, aber nannte ihn den Literaten. Und von diesem Literaten habe ich dann in dem Koffer einen Liebesbrief an Lotte, geschrieben von Werther, gefunden, in dem er von einem tragischen Nachmittag spricht und Mutter anfleht, sich bei ihm zu melden. Ich

habe niemandem von dem Fund erzählt, auch Großmutter nicht.«

»Keine Sorge, ich werde nichts verraten. Zeig mir bitte
noch einmal das Bild, das du von Pete gemacht hast.
Weißt du, was er da trägt, das Werther-Kostüm: gelbe
Hose und Weste und blauer Frack. Du hast Recht: Pete
ist Werther. Ich hatte mich schon gewundert, dass
deine Mutter eine zweisprachige, englisch-deutsche
Ausgabe liest. Es könnte sein, dass es sich um eine
Übersetzung von Pete handelt. Das wäre ein Zeichen
dafür, dass sie bereit ist, Verdrängtes wieder in ihr
Bewusstsein zu holen und damit öffnet sich für uns ein
Tor in ihre verschüttete Vergangenheit. Ich werde einen
Blick auf das Buch werfen und deine Mutter in den
nächsten Therapiesitzungen in diese Richtung lenken.
Ich bitte dich, noch nicht mit ihr zu sprechen. Ich muss
jetzt sehr vorsichtig vorgehen, denn damit lege ich den
Finger genau in ihre Wunde und es besteht die Gefahr,
dass sie sich mir wieder verschließt, wenn es zu
schmerzlich wird. Wenn sie die Ereignisse in ihr
Bewusstsein ließe, wird sie einige extrem quälende
Wochen vor sich haben, aber ich denke, ich könnte sie
mit einer Traumatherapie heilen und so hätte sie die
Chance auf ein neues und glückliches Leben. Wenn es
mir gelingt, dass sie mir von Werther und Lotte erzählt,
wäre der nächste Schritt eine Aussprache mit dir.
Bevor es soweit ist, unterhalten wir uns noch einmal.

Jetzt schauen wir erst einmal, wie die nächste Therapie-sitzung mit deiner Mutter verläuft. Vielen Dank, dass du zu mir gekommen bist. Wir bleiben in Kontakt.«

»Eine Frage habe ich noch: Warum hat sie mich Lotte genannt, wenn sie der Name doch ständig an dieses traumatische Ereignis erinnert?«

Dr. Rosenowsky seufzte: »Das ist eine wichtige Frage, aber die Antwort darauf ist sehr kompliziert. Wenn ich Licht in das Dunkel gebracht habe, erkläre ich es dir gerne genauer.

Aber du kannst mir glauben, dass du eine liebevolle Mutter haben wirst, wenn die Therapie so verläuft, wie ich es mir vorstelle.«

»Hm, hört sich merkwürdig an: liebevolle Mutter. Ich weiß nicht, ob ich ihr vertrauen könnte. Und die Vorstellung, mich in ihre Arme zu kuscheln, ist mir sehr fremd. Lieber würde ich meinen Vater kennenlernen, besonders, wenn es stimmt, dass er ein Schriftsteller oder Literaturwissenschaftler in Oxford ist. Wow!«

Das war alles so verrückt, dass ich daran zweifelte, dass ich nicht träumte. Aber dass ich auf dem Weg zu meinem Rad mit einem Rollstuhlfahrer kollidierte und auf dessen Schoß landete, war ziemlich real. Dem Mann war nichts passiert, im Gegenteil: Er lachte sich tot, und ich blieb einfach auf seinem Schoß sitzen und ließ mich von seinem Lachen anstecken, was mich aus meiner Fassungslosigkeit befreite.

Er stellte sich als Jürgen vor, sei Mitte zwanzig und sitze seit zwei Jahren wegen eines Motorradunfalls im Rollstuhl, an den er sein ganzes Leben lang gekettet sei, womit er nicht zurechtkomme, weshalb er zum zweiten Mal in der Klapse gelandet sei. »Und was für einen Knall hast Du?«, fragte er mich. »Ich laufe regelmäßig Rollstuhlfahrer über den Haufen, keine Besserung in Sicht!« »Dann passen wir ganz gut zusammen: Du rennst mich um, ich fange dich auf. Damit könnte ich leben. Na, du musst es mir nicht sagen.« »Ist schon gut. Meine Mutter ist seit zwei Monaten hier drin, ich wollte sie besuchen.« »Und wer ist deine Mutter? Vielleicht kenne ich sie.«

»Das glaube ich nicht, sie unterhält sich nicht gern, ist ziemlich unfreundlich und sitzt meistens am See und liest.« »Ah, der Goethefreak. Sie ist deine Mutter und hat dir den gleichen Namen verpasst?« »Wieso, sie heißt Julia.« »Mir hat sie sich mit Lotte vorgestellt.« »Na, da siehst du's: Sie hat einen Knall.« »Ich finde sie eigentlich ganz nett, auch wenn sie einen Spleen mit ihrem Werther-Roman hat. Manchmal parke ich neben ihrer Bank und warte, bis sie mir einen Satz aus dem Roman vorliest, mit dessen englischer Übersetzung sie nicht zufrieden ist. Du musst wissen, dass ich in meinem außerklinischen Leben Anglistik studiere und daher mitreden kann. Es kommt nicht selten vor, dass wir über einem einzigen Satz eine Stunde lang brüten. Ich habe den Eindruck, dass sie das sehr glücklich macht. Sie taucht so tief in diese Goethe-Welt hinab, dass sie mich ab und zu aus Versehen mit Werther anredet.«

»Jürgen, das ist der Wahnsinn. Tu mir einen Gefallen und erzähle das noch heute Frau Dr. Rosenowsky. Sie muss das wissen. Diese ganze Werther-Geschichte hat etwas mit ihrem Trauma zu tun. Und sag meiner Mutter bitte nicht, dass du mit mir gesprochen hast und dass ich hier war. Ich muss jetzt los. Bist du noch länger hier drin?«

»Jetzt, wo ich weiß, dass ich dich demnächst wieder auffangen muss, kann ich ja nicht einfach gehen. Also bis bald!«

Jetzt brauchte ich eine schweißtreibende Trainingseinheit. Ich schwang mich aufs Rad und fuhr direkt zum KBC.

Julia und Pete

Julias vorletztes Schuljahr hatte begonnen und Pete und sie fügten sich wieder in eine Wochenendbeziehung, wobei meistens Julia diejenige war, die die zweistündige Zugfahrt nach Oxford auf sich nahm. Denn bei den Thornbys, bei denen sie nach wie vor wohnte, wollten sie sich möglichst wenig aufhalten, da das Verhältnis zu Lissy sich verschlechtert hatte, seitdem Deans Begeisterung für Julia als Fotomodell nicht mehr zu übersehen war und sie sich, Lissys Meinung nach, eindeutig zu häufig in Deans Atelier aufhielt, angeblich nur zu Fotoshootings. Auch Petes Mutter schien sich nicht mit der Beziehung ihres Sohnes abzufinden und versuchte, so oft sich ihr die Gelegenheit bot, einen Keil zwischen die beiden zu treiben. Als Pete ihr ausdrücklich zu Verstehen gab, dass er ihr Verhalten nicht länger tolerieren werde und verlangte, dass sie sich bei Julia entschuldige, bat sie ihn, sich zu ihr zu setzen, senkte ihren Kopf, nahm seine Hände und schwieg. Sie brachte es nicht über sich, ihrem Sohn und Julia das Herz zu brechen, seine Liebe und sein Vertrauen zu verlieren und das Andenken an Jimmy mit Schmutz zu bewerfen. Pete musste sie mehrfach bedrängen, ihm zu sagen, was los sei, bevor sie mit der vernichtenden Wahrheit herausrückte: »Jimmy ist dein Vater!«

Pete schluckte den ersten Schock herunter, fasste diese Aussage dann aber so auf, wie sie erträglich war, nämlich dass seine Mutter es nicht auf die biologische Herkunft bezog und hakte nach: »Du meinst, er *war wie* ein Vater für mich.«

»Das auch, es war nicht zu übersehen, wir sehr er dich mochte und wie nahe ihr euch wart, zu nahe. Er ist aber auch dein Erzeuger.«

»Wieso bist du dir da so sicher? Warum hat nie irgend-jemand eine Andeutung darüber gemacht? Es gab nie Streitereien oder Eifersüchteleien, das kann doch nicht sein. Wusste niemand davon? Wie ist es passiert?«

Helene ließ die Nacht vom 08. auf den 09. Mai 1945 noch einmal aufleben und begann beschamt zu erzäh-len: »Wir feierten zusammen mit Betti und Jimmy und noch einigen anderen Freunden bis in die Nacht hinein das Kriegsende. Wir tranken so viel, dass Jimmy und Betti nicht mehr nach Hause gehen konnten. Jimmy vertrug nicht viel und torkelte als Erster ins Bett. Als nächster verabschiedete sich Jack, der auf die Couch auswich, als er in unserem Ehebett seinen ohrenbetäu-bend schnarchenden Freund Jimmy liegen sah, der offensichtlich auf dem Weg ins Gästezimmer falsch abgebogen war. Betti war an dem Abend trotz des

Freudentaumels um sie herum betrübt, da sie sich Sorgen um ihre Eltern und ihren Bruder machte, die wahrscheinlich nach Bergen-Belsen deportiert worden waren und von denen sie seit vier Jahren kein Lebenszeichen mehr erhalten hatte. Wir saßen bis zur Morgendämmerung auf der Terrasse und tranken Wein, bis ich beinahe vom Stuhl kippte. Betti blieb noch draußen sitzen und ich schleppte mich die Treppe hoch und fiel neben den Schnarchenden in einen komatösen Schlaf. Als ich im Traum bei einem Liebesakt mit Jack den Höhepunkt erreichte und die Augen öffnete, hing das lustentgleiste Gesicht von Jimmy über mir. Ich schrie auf, schubste ihn zur Seite, rollte aus dem Bett, zog mir Hose und Pullover über und wankte mit fürchterlichen Kopfschmerzen und der Hoffnung, dass der Restalkohol in meinem Blut noch so groß war, dass mein Hirn mir gerade einen Streich gespielt hatte, in die Küche. Dort starrten mich vier Unheil witternde Augen an, Jimmys waren nicht dabei. Wie ein unausgesprochenes Abkommen verlor niemand bis heute je ein Wort über diesen Vorfall. Betti und Jack half bei der Verdrängung vermutlich, dass sie nicht wussten, wie weit es zwischen Jimmy und mir gekommen war und ich entschuldigte es vor mir mit alkoholbedingter Unzurechnungsfähigkeit. Wie es in Jimmy aussah, kann ich bis heute nicht sagen. Nach Außen hin zeigte er sich unverändert.«

Pete brannten die Augen, da er ohne zu blinzeln die ganze Zeit dagesessen hatte; er rang nach Worten. Er konnte diese Hiobsbotschaft nicht akzeptieren und suchte nach einem Strohhalm: »Aber wenn ihr alle ein Tuch des Schweigens über die Sache gelegt habt, dann hast du wahrscheinlich auch keinen Vaterschaftstest veranlasst. Könnte also nicht doch Jack mein Vater sein?«

Helene musste ihm jetzt alle Illusionen nehmen und entgegnete ihm: »Nein, das kann nicht sein, weil du genau neun Monate später zur Welt kamst, Jack und ich verhütet hatten und weil du das Ebenbild Jimmys bist: Dein Körper ist so geformt wie seiner, deine Gesichtszüge sind die gleichen, die schwarzen Locken, die blauen Augen, du gehst in dieser beschwingt schlaksigen Art wie er und wenn ich deine Stimme oder dein kindliches Lachen höre, erscheint unwillkürlich Jimmy vor meinem inneren Auge. Je älter du wirst, desto unheimlicher wird die Ähnlichkeit, du bist wie sein Doppelgänger. Ich befürchte, dass dies auch ein Grund dafür ist, dass Betti wieder zurück nach Deutschland gegangen ist. Durch deinen Anblick erlangte sie einerseits Gewissheit über unsere Entgleisung damals und es muss sie geschmerzt haben, ihren verstorbenen Mann in dir immer wieder zu sehen.«

»Mutter, du übertreibst!«, empörte sich Pete.

Sie löschte den letzten Funken Hoffnung in Pete, indem

sie Fotos, auf denen er und Jimmy gleichalt sind, nebeneinander auf den Tisch legte. Er sah, dass sie Recht hatte: Wenn er es nicht besser gewusst hätte, hätte er die Abgebildeten für ein und dieselbe Person gehalten. Er musste mit Julia reden, aber wann, wo und wie?

Er nahm die Fotos an sich, verließ ohne ein Wort das Haus und lief kopflos durch die Gegend, bis er sich in einem Pub mit einem Single Malt vor sich wiederfand, den er nicht bestellt hat. Aber seine Erscheinung erforderte offensichtlich einen Whisky.

Anders als sein Vorbild Goethe, der dem Rotwein täglich literweise zusprach, trank Pete nur im Notfall Alkohol, da er - ein weiteres Indiz für seine Abstammung von Jimmy - bereits betrunken war, noch bevor er das Glas geleert hatte, als reichten schon Anblick und Geruch des Sprits. Er saß in Inhalationshaltung über den Whisky gebeugt am Tisch, seinen Kopf auf den Händen abgestützt und wunderte sich nicht darüber, dass es von seinen Haaren in sein Glas tropfte. Schluck für Schluck beruhigte sich der Orkan in seinem Kopf und er bemerkte, dass seine Sachen vor Nässe trieften und sich auf dem Tisch eine kleine Pfütze gebildet hatte. Er schaute hinaus und fragte sich, wie lange er umhergeirrt sein musste, ohne mitzubekommen, dass es in Strömen regnete. Er registrierte unscharf eine Gestalt auf der anderen Straßenseite, die ihm bekannt vorkam und die auf ihn zusteuerte, zögerte aber, in ihr Julia zu erkennen, da er sich nicht sicher war, ob die verschwommene Sicht am Alkohol oder an der nassen Scheibe lag; und eine alkoholbedingte Sinnestäuschung hielt er für wahrscheinlicher.

* * *

Julias Leben verlief auf einem Höhenweg: Die Schule bereitete ihr Freude, sie liebte den Literaturunterricht und das Theaterspiel, die Prüfungen am Ende dieses Trimesters bestand sie als eine der Besten, Pete und sie waren wie Romeo und Julia oder Werther und Lotte, nur ohne Tragik, und Dean war kurz davor, sie in der *Vogue* herauszubringen. Sie stürzte von diesem Höhenweg in die Tiefe, als ihre Frauenärztin ihr vorwurfsvoll verkündete: »Frau Thompson, sie hätten früher kommen sollen, aber er sieht ganz normal aus.«
Julia fragte beunruhigt, was sie mit ›früher kommen‹ und wen sie mit ›er‹ meine. »Na, der Embryo ist genau so entwickelt, wie er es in der siebzehnten Woche sein sollte.« Julia wurde weiß im Gesicht und schwarz vor Augen, sodass Dr. Morgan die Lehne des Behandlungsstuhls mit Schwung nach unten manövrierte und Julia kopfüber Tropfen einflößte und so eine Ohnmacht gerade noch verhinderte. Als sie wieder bei Sinnen war, stellte die Ärztin ihr Fragen, die Julia verärgerten: Ob

sie wisse, wer der Vater sei? Ob er sie unterstützen werde? Wie das Verhältnis zu ihren Eltern und Schwiegereltern sei und ob sie ihr eine Psychologin empfehlen dürfe, falls sie das Gefühl habe, dass sie Hilfe brauche?

»Wieso gehen sie davon aus, dass ich das Kind bekommen möchte? Vielleicht könnten sie mir statt einer Psychologin einen Arzt nennen, der eine Abtreibung vornimmt?«, entgegnete sie ungehalten.

Dr. Morgan versuchte sie zu beruhigen und ihr möglichst schonend nahezubringen, dass die Schwangerschaft bereits so weit fortgeschritten sei, dass eine Abtreibung einerseits illegal sei und ein solcher Eingriff in diesem Stadium andererseits ein zu hohes Risiko für ihr eigenes Leben bedeute.

Als sie dann auch noch begann, Julia vorzugaukeln, welch erhebendes Gefühl und wie erfüllend es sei, Mutter zu sein, schwang sie ihre immer noch in den Beinstützen liegenden, auseinandergespreizten Schenkel herunter und katapultierte sich aus dem Stuhl, schwankte kurz, hielt sich aber auf den Beinen, kam der Forderung der Ärztin, sich wieder hinzusetzen, nicht nach, schlüpfte hektisch in ihre Kleider und verließ die Praxis.

Sie rief sich den 15. August, an dem sie laut Dr. Morgan ein Kind gezeugt haben soll, in ihr Gedächtnis. Sie war zu dem Zeitpunkt seit mehreren Wochen in Oxford und hatte wahrscheinlich auch an diesem Abend mit Pete geschlafen. War überhaupt ein Tag dazwischen, an dem sie nicht miteinander verkehrt hatten? Was die Regelmäßigkeit ihrer Periode anging, hinkte sie der üblichen Entwicklung einer Siebzehnjährigen etwas hinterher, was vermutlich mit ihrem Untergewicht zusammenhing. Es war daher keine Seltenheit, dass die Blutung für mehrere Wochen ausblieb und damit auch keine sinnvolle Berechnung fruchtbarer Tage möglich, sodass eine Befruchtung einem Lottogewinn gleichkam. Sie hatten trotzdem immer verhütet, bis auf den letzten Abend. War das der 15. August? Das kommt hin. Sie hatte es für unmöglich gehalten, dass sich vier Wochen nach ihrer letzten Blutung noch irgendwo eine intakte Eizelle verstecken könnte, sodass sie auf das Kondom verzichtet und die Methode des coitus interruptus für ausreichend sicher gehalten hatten. Und trotzdem sollte sich bei diesem ausnahmsweise gummilosen Verkehr ein freches Spermium in eine böse Eizelle eingenistet und ihr einen Lottogewinn beschert haben? Den sie noch nicht einmal mehr ablehnen kann? Wieso sieht man ihr nichts an? Andere kriegen dicke Brüste, eine kleine Kugel müsste doch auch zu sehen sein, und was ist mit Heißhunger und Kotzanfällen? Nichts! Kann die Ärztin sich getäuscht haben? Wohl kaum! Was sollte sie jetzt machen? Wenn sie das Kind austrüge, könnte sie die Schule nicht zu Ende machen und ihre Modelkarriere an das Kinderbett hängen, denn die *Vogue* hätte sicherlich kein Interesse an einem Hängebauch-schwein. Wo sollten Pete und sie wohnen? Damit er weiter studieren könnte, müssten sie sich eine gemein-same Wohnung in Oxford suchen, wofür sie nicht genü-gend Geld haben und das hieße, sie wären auf Almosen der Browns und ihrer Mutter angewiesen. Wie schrecklich. Wie dächte eine Frau in ihrer Lage, für die eine Schwangerschaft kein Absturz ohne Reißleine bedeuten würde, vielleicht so: Ich mache das zweite Schultrimester noch zu Ende, gehe in Mutterschutz und mache nach ein paar Monaten, wenn das Kind aus dem Gröbsten raus ist, mit der Schule weiter. Sicher gäbe es dafür irgendeine staatliche Unterstützung oder Sonder-regeln für junge Mütter. Vielleicht beißt die *Vogue* bei den Fotos, die Dean bereits von mir gemacht hat, an und wenn ich erst einmal einen Fuß in der Tür habe in der Branche, kann ich nach einigen Monaten die Tür erneut aufstoßen, wenn wieder alles straff ist. Ich kann mir keinen besseren Mann und Vater als Pete vorstellen und wahrscheinlich könnte er sich nach einem ersten Schock an den Gedanken, Vater zu werden, gewöhnen und wie ich ihn einschätze, sogar darüber freuen.

Ob sie diese Reißleine zieht, wusste sie noch nicht, aber es gab sie.

* * *

Sie musste so schnell wie möglich mit Pete reden und wollte sich vor dem Unwetter gerade in die U-Bahn retten, als sie meinte Pete in dem Pub auf der anderen Straßenseite zu erkennen. Konnte das sein? Sie waren doch in einer halben Stunde bei seinen Eltern zur Tea Time verabredet und vorher hatte er noch ein ernstes Wort mit seiner Mutter reden wollen. Sie ging in den Pub und setzte sich einem Mann gegenüber, der zwar körperlich so aussah wie ihr Freund, aber in einer Verfassung war, die Julia daran zweifeln ließ, ob es tatsächlich Pete war. Sie hatte ihn noch nie so am Boden zerstört gesehen. Sie nahm ihm das leere Glas, an das er sich krampfhaft klammerte, ab und barg seine Hände in ihren. Sein fröstelnder Blick machte ihr Angst, er fahndete vergeblich nach Worten, sie sprach ihn zärtlich an: »Was ist passiert?« Er konnte ihr keine Antwort geben, der Kloß in seinem Hals versperrte den Wörtern das Durchkommen, Tränen liefen ihm über die Wangen. Sie nahm seinen Kopf in ihre Hände, legte ihre Stirn an seine, küsste seine Schläfe, träufelte ihm flüsternd seinen Kosenamen ins Ohr: »Mein Werther, Liebster.« Er wurde präsenter, schaute sie an und wisperte: »Meine Lotte.« Wieder versagte ihm die Stimme. Er holte die Fotos aus seiner Tasche und legte sie paarweise vor Julia hin: Pete und Jimmy mit vier, zehn, sechzehn und zwanzig Jahren. Sie überflog die Fotos, erkannte Pete darauf, aber verstand nicht, was er ihr damit zeigen wollte: »Was ist damit?« Er deutete zuerst auf die eine, dann auf die andere Reihe der Fotos: »Das hier bin ich, das ist Jimmy.« Sie beugte ihren Kopf hinunter, um sich die Fotos genauer anzuschauen, erstarrte über den Abbildern ihres zwanzigjährigen Freundes und dessen Doppelgänger, bis die Hand des Kellners auf ihrer Schulter sie in die Realität zurückholte. Er fragte besorgt, ob er ihr helfen könne. Sie bestellte einen doppelten Whisky, schüttete ihn in einem Zug in sich hinein und bestellte das Gleiche noch einmal. Sie schaute Pete ungläubig an: »Du siehst genauso aus wie mein Vater.«

»Ich wurde in einem alkoholisierten Missverständnis nach einer rauschhaften Party am V E Day von Helene, die dachte, dass Jack neben ihr im Bett läge, und Jimmy, der vermutlich gedachte, in Betti einzutauchen, versehentlich gezeugt.«

Julias Gesicht verwandelte sich in eine ausdruckslose weiße Wand, sie sprach wie fremdgesteuert, wie eine Holzpuppe, der man den Kiefer auf- und zuklappt: »Du bist mein Bruder. Deshalb das reservierte Verhalten deiner Mutter. Sie wollte uns vor Blutschande und einem behinderten Kind bewahren.«

Pete nahm verängstigt Julias eiskalten Hände: »Lotte«; wie eine Furie blitzte eine letzte Emotion in ihr auf, bevor sie in den Tiefen ihres emotionalen Eismeeres versank: »Sprich mich nie wieder mit diesem Menetekel meiner Entwürdigung an.«

Er fuhr fort: »Wir konnten es nicht wissen. Lass uns darüber schlafen und morgen oder übermorgen in Ruhe besprechen, was das für uns bedeutet, es muss doch nicht alles vorbei sein.«

Julia kippte das zweite Glas hinunter, zog den Ring mit der Gravur *meiner Lotte 03.08.66*, den Pete ihr zu ihrem Einjährigen geschenkt hatte, aus, legte ihn auf den Tisch und stierte durch ihren Halbbruder hindurch: »Wir sind pervers, haben uns in eigenem Blut gesuhlt und schändliche Körperflüssigkeiten ausgetauscht. Wir hätten es fühlen, riechen, schmecken, sehen müssen statt in Narzissmus zu baden. Es gibt nichts mehr zu besprechen. Ich begrabe unsere gemeinsame Vergang-enheit und fahre so bald wie möglich nach Deutschland zu meiner Mutter. Ich bitte dich, niemandem den wahren Grund zu sagen und nie wieder Kontakt zu mir aufzunehmen. Finde deinen Frieden.« Sie verschwand im Regen und Pete blieb gelähmt sitzen, bis er der letzte Gast war und der Barmann ihn vom Stuhl heben musste und mit den Worten »Das wird schon wieder!« hinausbrachte.

Julia

Julia kaufte sich auf dem Weg zu Deans Atelier noch eine Flasche Hochprozentiges und Zigaretten, mit Glück würde der Bastard in ihr daran zugrunde gehen. Dean öffnete überrascht die Tür, sie zog sich ihre nassen Kleider aus, bot sich ihm unzüchtig dar und stachelte ihn an, sie abzulichten. Er zögerte, aber sie lachte ihn aus und hielt ihm vor, dass er sie bei den bisherigen Fotoshootings ununterbrochen aufgefordert hatte, ihre Scheu abzulegen und sich schamlos zu zeigen und fragte ihn provokant, ob er jetzt auf einmal unter die Mönche gegangen sei. Das war nicht die Julia, die er kannte und offensichtlich war sie nicht bei Sinnen, aber gefangen von ihrer Erotik knipste er sich in einen Rausch und lichtete die Apotheose der Wollust für die Nachwelt ab. Während er in die Dunkelkammer ging, um die Fotos zu entwickeln, sprang Julia in ihre nassen Klamotten und verschwand. Dem Wahnsinn nahe verschaffte ihr diese Selbsterniedrigung eine masochistische Genugtuung.

Sie hatte den Boden unter den Füßen verloren und ließ sich vom Wind nach Hause wehen, als wäre sie nur noch ihre Hülle. Sie war allein in dem Haus der

Thornbys, die über das Wochenende weggefahren waren. Jetzt musste sie ihr Balg töten. Sie ließ sich ein heißes Bad ein, holte sich aus dem Wohnzimmer eine Flasche Gin und aus ihrem Nähkoffer eine Stricknadel, boxte so fest sie konnte gegen ihren Bauch, legte sich in die Wanne, trank sich an die Schwelle zur Bewusstlosigkeit und stach immer und immer wieder mit der Stricknadel in ihren Unterleib, bis sie in Ohnmacht fiel. Sie wurde in einem lauwarmen, rötlich gefärbten Wasser wach, zog den Pfropfen und erbrach sich in das ablaufende Wasser. Sie ließ sich noch einmal ihren Bauch mit voller Wucht auf die Badewannenkante krachen und fiel kopfüber auf den Boden. Sie kroch in ihr Zimmer und legte sich nass in das Bett. Als sie die Augen öffnete, hämmerte es in ihrem Kopf und ihr Unterleib brannte wie Feuer. Sie nahm zwei Schmerztabletten und wartete auf die Wirkung, schwankte dann langsam zum Schrank, zog sich an und packte den Koffer mit ihren persönlichsten Dingen, darunter ein Ring mit der Gravur: *meinem Werther 12.12.1966*, den sie vor zwei Tagen als Gegenstück zu dem Ring, den sie Pete vorhin zurückgegeben hatte, gekauft hatte und ihm zu Weihnachten schenken wollte. Da sie sich zu schwach fühlte, zu Fuß bis zum Bahnhof zu gehen und bis St. Pancras zweimal umzusteigen, rief sie ein Taxi, nahm sich eine Flasche Wasser und ein Sandwich aus dem Kühlschrank und legte Lissy einen Zettel auf ihren

Schreibtisch: »Hatte Streit mit Pete, bin auf dem Weg zu Mutter. Mach dir keine Sorgen. Danke für alles. Ich melde mich. Julia.«

* * *

Es war fünf Uhr dreißig in der Früh, sie beeilte sich, um vor der Tür zu stehen, bevor das Taxi kam, damit der Austin Fx4, so schön er auch sein mochte, mit seiner ohrenbetäubenden Hupe, die sich anhörte wie ein Haufen Erpel im Balzangriff, nicht das ganze Wohnviertel auf sie aufmerksam machte. Sie wollte sich gerade auf ihren Koffer setzen, als sie die Lichter des Taxis um die Ecke kommen sah und der Fahrer seine Ankunft triumphal trompetend verkündete, indem er mehrfach auf die Hupe drückte. Eine Stunde später saß sie im Zug nach Dover, erwischte die nächste Fähre nach Calais und bestieg nach kurzem Aufenthalt um zehn Uhr den Zug nach Duisburg. Sie fand ein leeres Abteil, legte sich auf die Sitze und schlief sofort ein. Erst kurz vor Duisburg wurde sie von dem Schaffner zur Fahrkartenkontrolle geweckt. Da sie das erste Mal in Deutschland war, hatte sie keine Ahnung, wo der Vorort Beeck, in dem ihre Mutter wohnte, lag und wie sie vom Bahnhof dorthin kommen sollte, weshalb sie in ein Taxi stieg, in der Hoffnung, dass ihr Geld noch ausreichen würde. Die Fahrt dauerte nur gut zehn Minuten und sollte fünf DM kosten. Erst als sie ihre Shilling aus der Hosentasche kramte, wurde ihr bewusst, dass sie nur englisches Geld bei sich hatte und hielt ihm dieses entschuldigend hin. Der Fahrer machte eine genervte Miene, nahm die neunzehn Shilling entgegen und kramte einen Taschenrechner aus dem Handschuhfach. Julia winkte ab und sagte, dass er den Rest behalten solle. Ihr war übel und sie schaffte es kaum aus dem Taxi, sie spürte, dass Blut an ihren Beinen hinunterlief. Der Fahrer stützte sie, brachte sie bis zur Tür und stellte den Koffer neben ihr ab. Sie drückte auf die Klingel, aber ihre Mutter schien nicht zu Hause zu sein. Der Taxifahrer hielt sie noch immer fest und fragte, ob er sie in ein Krankenhaus bringen solle. Sie rang sich ein Lächeln ab und sagte beschwichtigend: »Nein, nein, vielen Dank. Fahren sie nur. Meine Mutter muss jeden Moment zuruck kommen. Sie erwartet mich. Auf Wiedersehen.« Sie versuchte sich auf den Beinen zu halten, bis das Taxi losfuhr und sackte dann vor der Tür zusammen.

Betti bog mit Einkaufstaschen bepackt in den Beeck-bach ein und erblickte von Weitem etwas vor ihrer Haustür liegen. Sie kniff die Augen schlitzartig zusammen, um schärfer sehen zu können und meinte einen Menschen zu erkennen. Kann das Romeo sein? Hatte er einen Unfall? Plötzlich *spürte* sie mehr als sie sah, dass es Julia war. Sie ließ ihre Einkaufstaschen auf den Boden fallen und rannte zu ihr.

Parkklinik Hochfeld Duisburg
Prof. Dr. Mechthild Rosenowsky

Therapieprotokoll

Name der Patientin: Schröder, Julia

eingewiesen am: 10.08.1982

geboren am 15.01.1949 in Neasden (GB)

Familienstand: ledig

Kinder: eine Tochter, geb. am 15.04.1967
in Duisburg

Sitzung: 18.   **Datum: 25.11.1982**

Äußeres Erscheinungsbild
Das äußere Erscheinungsbild der Patientin
hat sich stark verändert: Sie ist weniger
ausgezehrt und hat an Gewicht zugelegt,
kleidet sich oft leger und sportlich,
trägt ihre Haare offen, ist gar nicht
oder nur dezent geschminkt, hat keine
lackierten Fingernägel mehr, trägt
Ohrringe, aber nach wie vor keine Ringe,
das penetrant schwere Parfüm hat sie
zugunsten frischerer unaufdringlicherer
Düfte abgelegt. Im Ganzen macht sie einen
jugendlichen, authentischen und
gesünderen Eindruck.

Äußeres Verhalten
Auch im Umgang mit mir und den anderen
Patientin zeigt sie deutliche

Veränderungen: Sie ist höflich, klopft an und tritt mit einer freundlichen Begrüßung ein. Sie nimmt Blickkontakt auf, sitzt entspannter und lehnt sich meist an. Bei nachmittäglichen Sitzungen trinkt sie gerne einen schwarzen Tee und nimmt mein Angebot, sich an dem Gebäck zu bedienen, dankend an. Anderen Patienten geht sie nicht mehr aus dem Weg und hat sogar gemeinsam mit Herrn Mönnich einen Lesekreis ins Leben gerufen. Nach wie vor zieht sie sich gerne in die Natur zurück und liest sehr viel.

Denkweisen/Gefühlslage/soziale Interaktion

Durch ein Gespräch mit der Tochter, die Briefe und Fotos der Patientin gefunden hat, habe ich erfahren, dass ihr damaliger Freund Pete Brown ihr Halbbruder ist. Die Patientin hat so viel Vertrauen zu mir aufgebaut, dass sie damit einverstanden ist, dass wir uns heute diesem wundesten Punkt nähern. Es ist spürbar, dass sich das Verdrängte und Verschwiegene Bahn bricht und sie sich jemandem anvertrauen möchte. Ich bitte sie zunächst davon zu erzählen, was es mit der Goethe-Lektüre auf sich habe, warum sie sich so intensiv damit beschäftige und erfahre von den

gemeinsamen Wochen in Oxford mit ihrem
Freund Pete, der ihr seine Neuübersetzung
des *Werther*-Romans gewidmet und geschickt
habe. Sie spricht lange ohne Pause von
ihren harmonischen und freudvollen Tagen.
Das sei die glücklichste Zeit ihres
Lebens gewesen. Sie hat ein Leuchten in
den Augen, dann bricht sie ab und ihr
laufen Tränen über die Wangen. Ich spüre
ihren Schmerz und eine tiefe Traurigkeit
hinter ihrer Freude. Ich nähere mich ihr,
sie lässt sich trösten und ich merke,
dass sie bereit ist, die Ursache ihres
Leidens auszusprechen. Ich gebe einen
Impuls, indem ich sie nach dem Grund für
die Rückgabe des Rings frage, den Pete
ihr geschenkt hatte. Sie sackt in sich
zusammen, bedeutet mir, dass sie einen
Moment brauche, aus ihren Augen blicken
mich Ohnmacht und Einsamkeit an. Dann
schaut sie mich ängstlich und schuldig an
und spricht mit zittriger Stimme: »Ich
habe etwas getan, für das ich mich
abgrundtief schäme. Ich habe versucht, es
rückgängig zu machen, aber damit noch
mehr Schuld auf mich geladen. Ich hasse
mich!« Ich spüre, dass sie sich wieder
mehr in ihre Wut zurückzieht und Angst
hat, abgewiesen zu werden. Ich nehme ihre
Hand und versichere ihr, dass ich sie für
nichts, was sie getan habe, ablehnen und

sie nicht allein lassen werde. Sie atmet
tief durch, drückt kräftig meine Hand und
sagt laut und deutlich: »Ich habe mit
meinem Bruder ein Kind gezeugt!« Sie
erschreckt vor sich selbst und weicht
zurück, als erwarte sie eine Strafe. Ich
beruhige sie und beschwichtige ihre Tat:
»Wann haben sie erfahren, dass Pete ihr
Bruder ist?« »Er hat es mir bei unserem
letzten Treffen gesagt. Er selbst hatte
es erst kurz davor von seiner Mutter
erfahren. Er ist mein Halbbruder. Mein
Vater hatte wohl mit seiner Mutter eine
Affäre.« Ich zeige ihr, dass ich sie
keineswegs verachte, sondern im Gegenteil
für ihren Mut und ihren Lebenswillen
hochachte und versuche ihr klar zu
machen, dass sie keine Schuld treffe.
Nachdem dieses traumatische Ereignis
ausgesprochen ist, öffnet sie sich
zunehmend und spricht von der plötzlichen
Trennung von Pete, von ihrem
lebensgefährlichen Abtreibungsversuch und
der Flucht aus England. Sie zeigt
Empathie für ihre Tochter und erkennt,
dass sie eine schlechte Mutter gewesen
ist. Jeden Tag habe Lotte sie an ihre
Schuld und an Pete erinnert, wofür sie
sie habe bestrafen wollen. Nach zwei
Stunden beende ich die Sitzung mit der
Frage, ob sie noch etwas für Pete

empfinde. Sie antwortete: »Ich liebe
ihn.«

vorläufige Diagnose/Krankheitsbild
Die Abwehrmechanismen sind durchbrochen,
die Patientin hat ihre traumatischen
Erfahrungen ausgesprochen und damit aus
dem dissoziierten Bereich der Psyche in
ihr Bewusstsein zurückgeholt und eine
Verbindung zu ihren Gefühlen hergestellt.
Durch den Zugang zu ihrer verdrängten
Vergangenheit sind die Ereignisse wieder
einem Zeitkontinuum zugeordnet und können
damit verändert und korrigiert werden.

Weiterführende Maßnahmen/nächste
Therapieschritte
Eine Korrektur des Selbstbildes durch
positive Wertschätzung muss
vorangetrieben und die Verbindung zu den
eigenen Gefühlen und Bedürfnissen
gestärkt werden.
Die Patientin hat erkannt, dass eine
traumatisierende Übertragung auf ihre
Tochter stattgefunden hat. Der nächste
Schritt ist eine Annäherung zwischen
Mutter und Tochter, mit dem Ziel, ihre
Scham und Schuldgefühle so weit zu
überwinden, dass sie ihrer Tochter die
Wahrheit anvertraut und damit die
Voraussetzung für eine Versöhnung

schafft. Mittelfristig ist die
Herstellung eines Kontaktes zu Pete Brown
anzustreben.

Die Browns, Jack und Betti

Nach Helenes Enthüllung ihrer fatalen Kopulation mit Jimmy hat Pete den Kontakt zu seinen Eltern weitgehend abgebrochen. Er nistete sich in sein Oxforder Zimmer ein, aus dem er fünf Jahre später gezwungenermaßen auszog, weil er als Promovend keine Berechtigung mehr für ein Studentenzimmer hatte. Er suchte sich eine kleine Wohnung in der Nähe des Sees, in dem er und Julia in jenem Sommer 1966 während ihrer morgendlichen Laufrunde immer geschwommen sind. Seit sechzehn Jahren schlüpft er jeden Morgen in seine Sportsachen, bindet sich ein Handtuch um die Schulter, läuft den Cherville River entlang zu dem See, betritt den Steg, macht die Augen zu, bis er Julia neben sich stehen sieht, reicht ihr seine Hand und rennt lachend über den Steg und springt in den See. Erst das kalte Wasser reißt ihn aus dieser Imagination heraus. Allein für diese eine Minute auf dem Steg, in der er Julia jeden Morgen wieder an seiner Seite spürt, lohnt es sich zu leben. Seine ungewöhnliche Vorstellungskraft, wegen der er schon als Kind oft in eine Eigenbrötlernische gedrängt wurde, schenkt ihm diesen kurzzeitigen glücklichen Realitätsverlust. Es kam bisher nur in zwei Wintern und auch dann nur für einige Tage vor, dass der See zugefroren war und ihn der Sprung in das kalte Wasser somit nicht in die Realität zurückholen konnte. Das hatte zur Folge, dass er so lange mit nackten Füßen auf dem eisigen Steg stand, bis die Schmerzen stärker als seine Imagination wurden, was erst kurz vor einem Frostbrand der Fall war. Danach hatte er zwei Wochen mit Brandblasen zu kämpfen gehabt, die ihn zwar nicht von seinem Morgenlauf abhalten konnten, aber ihn zwangen, die Schuhe bei vereistem Steg anzubehalten. Als Erinnerung sind ihm Narben unter den Füßen als Zeichen seiner nicht versiegenden Liebe zu Julia geblieben. Auf dem Rückweg läuft er wie damals an der Oxford‹s Bakery vorbei und kauft sich Scones für das Frühstück.

Julia hat nur auf zwei seiner vielen Briefe, die er ihr in den ersten Monaten nach ihrem Verschwinden ge-schrieben hat, geantwortet. Ihre erste Antwort erhielt er nach einer Woche: »Ich bin gut angekommen. Bitte lass mich in Ruhe. Ich möchte hier neu anfangen und Dich und unsere Vergangenheit vergessen! Julia«; die zweite nach vier Monaten als Reaktion auf seine Neuüber-setzung des *Werther*, die er ihr geschickt hatte und die von *Oxford World‹s Classics* verlegt und mit der Widmung »Für Lotte« gedruckt worden war. Das Foto, das sie 1965 bei seinem Umzug nach Oxford von ihm in Werther-Kluft gemacht hatte, legte er der Sendung bei.

Sie schrieb: »Ich habe einen Mann kennengelernt, von dem ich ein Kind erwarte. Ich bitte dich ein letztes Mal, mir keine weiteren Briefe zu schreiben, du zerstörst sonst meine Familie! Glückwunsch zu deiner Übersetzung. Julia.« Diese Reaktion hatte Pete die letzte Hoffnung auf eine Wiederannäherung geraubt und war der Einstieg in seine Goethekapsel, aus der er nicht mehr heraustrat. Er widmete sich besessen dem lyrischen Werk Goethes, übersetzte Poem für Poem ins Englische und knüpfte an seine kindliche Leidenschaft an, dessen Gedichte in Theaterstücke zu verwandeln. Die Pflichtkurse seines regulären Studiums absolvierte er nebenbei und bestand alle Prüfungen ohne Mühe mit Bravour. 1972 wurde ihm die Doktorwürde verliehen und sein Name als Goethespezialist war bald auch auf dem Kontinent bekannt. Er blieb an der Universität in Oxford und gab dort Seminare und lehnte alle Angebote für eine Gastdozentur, selbst der weltweit renommiertesten Universitäten, ab. Nicht zuletzt deswegen, weil sein Leben an den Ankerpunkten seiner morgendlichen Routine hing. Seit seiner in London 1973 uraufgeführten Bühnenfassung des *Werther*-Romans wurde er auch als Dramatiker gefeiert und zu seinem Doktortitel gesellten sich zunächst ein, in den folgenden Jahren weitere Ehrendoktoren hinzu. Ende der Siebziger gab er seiner zweiten Herzensangelegenheit neben Julia nach und folgte dem Ruf des

Goethe-Instituts in London, das er mit aufbaute und ab 1982 leitete. Seine Heimstätte verlegte er selbstverständlich nicht nach London, sondern fuhr dreimal wöchentlich mit dem Zug dorthin. Obwohl er keinen Wert darauf legte, wurde ihm eine Habilitation geradezu aufgezwungen; und so bekam sein kurzer Name mit Mitte dreißig eine lange, bedeutungsvolle Titelbezeichnung: Prof. Dr. phil. habil. Dr. h.c. mult. Pete Brown.

* * *

Mit Emmy und Timothy hatte er gelegentlichen Kontakt. Er traf sie ein paar Mal im Jahr, aber sie hatten zu wenig gemeinsam, als dass diese Treffen über eine oberflächliche gegenseitige Vergewisserung darüber, dass alles beim Alten war, hinausgegangen wären. Emmy hatte sich einen reichen Juristen geangelt und lebte in der Grafschaft Dorset auf großem Hausfrauenfuß mit einer Dogge und zwei verwöhnten Kindern.

Timothys frühe Begeisterung für die Royal Air Force wuchs zu einer Passion heran, die in den Augen Helenes pathologische Ausmaße annahm, sodass er ihr zunehmend fremder, seinem Vater hingegen immer vertrauter wurde. Nach seinem Schulabschluss auf einem College der Royal Air Force schlug er die Offizierslaufbahn ein, wurde zu einem Kampfpiloten ausgebildet und hatte mit vierundzwanzig Jahren als Befehlshaber der First Group das Kommando über alle Kampfflugzeug-Stützpunkte in England. Zwei Jahre später begann er seine Offiziersausbildung auf der Offiziersschule in Cranwell und gehört seit 1982 als Offizier der obersten Führungsebene der Royal Air Force an.

* * *

Nachdem mit Timothy auch ihr jüngstes Kind aus dem Haus war, sah Helene Jack nur noch selten, da ihr Mann im jugendlichen Pilotenrausch seines Sohnes mit aufblühte und mehr Zeit in der Luft als auf der Erde verbrachte; sein Aufenthalt auf festem Boden beschränkte sich weitestgehend auf seine Werkstatt auf dem Flugplatz. So bemerkte er nicht, dass auch Helene ihre Zeit nicht im trauten Heim verbrachte und ebenfalls einen zweiten Frühling mit einem Berliner Landsmann erlebte, der sich als Konditormeister eine Tortenmanufaktur in Wembley aufgebaut hatte und sich vor Kunden kaum retten konnte. Sie ging bei ihrem Geliebten in die Lehre und schon bald blieb es nicht bei der Bestäubung der Tortenstücke, sondern sie wurde auf die körperliche ausgeweitet. Ahnungslos machte sich Jack über die neuerdings köstlichen Sahnestücke her, die er immer öfter im Kühlschrank vorfand, bis er Helene fragte, wo sie einen so guten Bäcker gefunden habe und woher ihre neue Liebe zu Kuchen komme. Sie ergriff die günstige Gelegenheit, mit der Wahrheit herauszurücken, wenn Jack ihr schon eine solche Vorlage servierte und gestand ihm, dass die Liebe zu Torten aus der Liebe zu Günter hervorgegangen sei, mit dem sie auch zusammenziehen wolle.

Das Haus konnten sie schnell für gutes Geld verkaufen und Helene zog zu Günter nach Wembley, Jack in eine der neu gebauten Wohnungen auf dem Fliegerhorst zu seinen Spitys, wie er die *Spitfires* liebevoll nannte. Kaum geschieden heiratete Helene im Jahre 1971 das zweite Mal und hieß nach Binz und Brown nun Schultze.

* * *

Nach der Trennung von Helene nahm Jack den Kontakt zu Betti wieder auf und schlug ihr sogar vor, sie in Duisburg zu besuchen. Das lehnte Betti allerdings vehement ab. Sie wolle auf keinen Fall schlafende Geister wecken. So beschränkte sich der Kontakt zehn Jahre lang auf gegenseitige Gratulationsanrufe zum Geburtstag.

Dass Betti Jack im Jahr 1982 zum zweiten Mal anrief, kam für ihn so unerwartet, dass er auf ihre Frage: »Wer hat es Julia erzählt?«, antwortete: »Ich fürchte, sie haben sich verwählt, hier spricht Jack Brown.« »Jack, mach jetzt bitte keine Witze. Ich habe herausgefunden, dass Julia denkt, dass Pete ihr Halbbruder ist. Und mir ist klar geworden, dass dies der Grund dafür ist, dass sie sich und ihr Kind vor sechzehn Jahren beinahe umgebracht, ihrer Tochter einen Großteil ihrer Kindheit und Jugend geraubt hat und nun in der Klapse sitzt.«

»Betti, bist du es? Hast du getrunken? Was ist los? Ich habe nichts von dem verstanden, was du gerade gesagt hast.«

Er hört Schnaufen, dann tiefes Atmen und dann eine Stimme, die sich wieder mehr nach Betti anhört: »Okay, Jack, vielleicht bist du wirklich ahnungslos, dann setzt dich jetzt lieber hin. Julia muss im Dezember 1966 von dir, Helene oder Pete erfahren haben, dass nicht du, sondern Jimmy Petes Vater ist. Das Schlimme daran war, dass sie zu dem Zeitpunkt nicht nur mit Pete zusammen, sondern auch von ihm schwanger war. Sie leugnet das bis heute, aber ich bin durch Zufall auf Hinweise gestoßen, die diesen Schluss mehr als nahelegen. Pete weiß sehr wahrscheinlich nichts von seiner Tochter.« Sie hielt kurz inne, horchte auf eine Reaktion von Jack, hörte aber nicht das leiseste Geräusch in der Leitung: »Jack, bist du noch dran?«

»Eigentlich nicht«, hauchte Jack. »Ich habe eine Enkeltochter und du hast sie jahrelang in keinem unserer Gespräche erwähnt? Betti, wie konntest du?«

»Aber Jack, das hätte doch alles unnötig erschwert. Wir

hatten uns doch versprochen, dass unser Verhältnis niemals zur Sprache kommt und Julia offiziell Jimmys Tochter ist und bleibt, also auch Lotte sein Enkelkind.«

»Lotte, ein schöner Name.«

»Jack, hör auf. Es geht jetzt nicht um deine Großvatergefühle. Ist dir klar, welche Brisanz und unsägliche Bedeutung unsere Affäre durch die Verbindung zwischen Pete und Julia und deren Kind erhält? Sie haben sich wegen vermeintlichem Inzest getrennt. Sie ist an dieser Tragödie fast zugrunde gegangen. Soll ich ihr, sechzehn Jahre später, offenbaren, dass die Liebe ihres Lebens nicht ihr Halbbruder, weil sie nicht Jimmys Tochter ist? Ich weiß nicht, ob sie das verkraften wird; ob ihr dieses Bekenntnis nach so langer Zeit und in ihrer Verfassung nicht mehr schadet als hilft. Und was soll ich ihr sagen, wenn sie wissen möchte, wer ihr Vater ist?«

»Betti, ich kann dir nicht sagen, wie Julia die Wahrheit aufnehmen wird, aber was du mir gerade erzählt hast, wirkt auf mich erschreckend. Unsere Verlogenheit scheint mythische Dimensionen anzunehmen, als laste ein Fluch auf unseren Familien, der sich über Generationen fortsetzt und jetzt bei Lotte angekommen ist. Das Fundament dieses Lügengebäudes errichteten wir vier, Jimmy, Helene, du und ich am 09. Mai 1945 morgens am Frühstückstisch, als wir so taten, als sei in unserem Schlafzimmer nichts geschehen. Ich glaube, dass du dich mit diesem Fehltritt am schlechtesten abfinden konntest und ich habe mich oft gefragt, ob unsere Affäre nicht auf dieser gärenden Verdrängung beruhte, die nach Vergeltung schrie. Die Kinder, die aus unserer Untreue hervorgegangen sind, Pete und Julia, mussten und müssen noch immer für uns büßen, weil wir zu feige waren, ihnen die Wahrheit zu sagen. Findest du nicht auch, dass es höchste Zeit ist, das Lügengebäude zum Einsturz zu bringen? Wir sollten dies am besten sehr bald tun, solange Julia in der Klinik ist und professionelle Hilfe hat, um das Ganze zu verarbeiten.«

»Was meinst du mit ›wir‹, welchen Beitrag möchtest du bei der Aufklärung leisten? Ich denke nicht, dass es gut wäre, wenn du in die Klinik spazierst und dich Julia als ihren Vater vorstellst.«

»Nein, mit ›wir‹ meine Ich, dass du mich nicht verleugnest und dass ich mit meiner Familie rede, vor allem so schnell wie möglich mit Pete.«

»Wie hat Pete es damals erfahren?«, wollte Betti wissen.

»Helene hat es ihm erzählt, weil sie Angst hatte, dass die Beziehung zwischen ihm und Julia zu eng wird. Sie hat einige Male versucht, ihm die Verbindung auszureden und sich abweisend Julia gegenüber verhalten, aber die beiden ließen sich nicht auseinanderbringen. Ich habe davon kaum etwas mitbekommen, da Pete bereits in Oxford wohnte und ich mit ihm nicht so auf einer Wellenlänge lag, dass wir uns über sein Privatleben unterhalten hätten. Du kanntest ihn ja, ein Literaturfreak, der in seiner eigenen Welt, die mit meiner keine Überschneidungen hatte, lebte. Daran hat sich bis heute nichts geändert. Pete muss es direkt Julia erzählt haben, denn am nächsten Tag war sie bereits verschwunden. Pete hat den Kontakt zu Helene und mir bis auf Pflichtanrufe zum Geburtstag oder zu Weihnachten abgebrochen. Mit Emmy und Timothy trifft er sich ab und zu. Sie sind mit der Enthüllung, dass Pete nur ihr Halbbruder ist, sehr unbedarft umgegangen und haben ihn spüren lassen, dass es für ihr Verhältnis zu ihm keinen Unterschied macht, er sei ihr Bruder und basta. Aber ich glaube, Pete ist darüber bis heute nicht hinweggekommen. Er ist jetzt sechsunddreißig und auf dem besten Weg, als ewiger Junggeselle zu enden. Ist Julia verheiratet?«

»Nein! Sie ist in Deutschland verwandelt angekommen: kalt, distanziert, ohne jegliche liebevolle Regung und sie hat diese Hülle bis jetzt nicht abgelegt. Ich befürchte, sie ist eins mit ihr geworden. Sie nähert sich anderen Menschen nur aus pragmatischen Gründen.«

»Es ist Zeit, aufzuräumen und unseren Kindern die Möglichkeit zu geben, sich auf unschuldigem Fundament noch einmal anzunähern. Ich fahre am Wochenende nach Oxford und rede mit Pete.«

»Noch nicht. Ich werde mich Julias Therapeutin anvertrauen und mit ihr besprechen, wie wir es Julia am schonendsten beibringen. Dann melde ich mich noch einmal.«

»Betti, Ich weiß nicht, ob ich es noch länger für mich behalten kann. Ich muss darüber schlafen. Bye.« Jack hatte aufgelegt, bevor Betti weiter auf ihn einreden konnte.

Pete

Pete war das Gegenteil eines zu Aufwallung neigenden Menschen, es sei denn, er steigerte sich während seiner schöpferischen Stunden in seiner Goethekapsel in die Gefühle seiner erfundenen Figuren hinein. Ansonsten sah ihn nie jemand anders als ein höfliches und freundliches in sich ruhendes Unikum, bis zu dem geschichtsträchtigen 04. Oktober 1982, als Jack wie ein Meteorit die schützende Hülle seiner Verkapselung durchbrach. Pete hatte fünfzehn Jahre lang vergeblich versucht, über den Vers, in dem Orest seine wahre Identität offenbart: *Zwischen uns sei Wahrheit: Ich bin Orest,* aus dem ersten Auftritt des dritten Aufzugs der *Iphigenie auf Tauris* hinauszukommen. Jedes Mal hatte ihn bei diesen Worten sein Trauma eingeholt und er sah das vom Schock blutentleerte Gesicht Julias wieder vor sich, hörte ihre Worte: »Du bist mein Bruder«, roch den Whisky, mit dem er sich in die Besinnungslosigkeit gerettet hatte und fühlte, wie ihm die Tränen die Wangen hinunterliefen und ihn eine Lähmung überfiel. Und ausgerechnet in dem Moment, als Pete es zum ersten Mal bis an das Ende dieses Auftritts geschafft hatte und Herr über sein Trauma geworden war, stand sein Stiefvater unangekündigt vor seiner Tür.

Er vernahm zwar Jacks Botschaft, dass er, Pete, eine sechzehnjährigeTochter namens Lotte mit einer Frau namens Julia habe, die nicht seine Halbschwester sei, weil er, Jack, sie gezeugt habe, aber er war sicher, dass sein Geist noch auf Tauris weilte und er einer Halluzination erliege. Aus Angst, den Verstand zu verlieren, stürzte er angezogen unter die Dusche und ließ minutenlang kaltes Wasser über sich laufen, bis er sich realitätsnah genug fühlte, sich umzog und vorsichtig das Wohnzimmer betrat, in der Hoffnung, dass die Halluzination verschwunden war. Aber sie saß verunsichert und besorgt auf seinem Lesesessel und kam auf ihn zu: »Pete, setzt dich bitte. Ich hole dir ein Glas Wasser oder hast du irgendwo etwas Stärkeres?« Er antwortete nicht. Als Jack aus der Küche zurückkam, war Pete verschwunden. Er hörte ihn aus dem Nebenzimmer rufen und sah ihn an seinem Schreibtisch stehen: »Hier liegen Zettel und Stift. Schreib auf, was du vorhin gesagt hast. Ich muss sichergehen, dass du keine Einbildung bist und dass ich es richtig verstanden habe. Ich gehe eine Runde um den Block und wenn ich wiederkomme, bist du verschwunden, sonst drehe ich dir vermutlich den Hals um!« Pete ging zum See, setzte sich auf den Steg und ließ die Beine über dem Wasser baumeln. Entweder war eben in seiner Wohnung der

Wahnsinn über ihn gekommen oder eine wahnsinnige Realität und er wusste nicht, was ihm lieber war, tendierte aber zur geistigen Umnachtung; damit begäbe er sich zwar nicht in Goethes, aber durchaus ansehnliche Nachbarschaft mit Hölderlin, Lenz, Rilke, Nietzsche und einigen anderen. Sollte er hingegen bei Verstand sein, nein, er wollte abwarten, bis er wieder zu Hause war, bevor er sich unnötig undenkbaren Gedanken näherte. Er öffnete seine Tür, horchte hinein: Stille; ging vorsichtig durch alle Zimmer: niemand da. Sich selbst misstrauend näherte er sich langsam dem Schreibtisch und sah ein Blatt Papier vor sich mit Jacks Handschrift. Seine Sinne hatten ihn also nicht getäuscht, aber vielleicht hatte er Jacks Worte, noch von *Iphigenie auf Tauris* benebelt, falsch gedeutet. Er las:

Pete, ich habe gestern von Betti erfahren, dass Julia vor zwei Monaten in Duisburg in eine psychiatrische Klinik eingewiesen worden ist und unter einer massiven posttraumatischen Belastungsstörung leidet. Betti ist vor einigen Tagen auf Hinweise gestoßen, die über die Ursache des Traumas Aufschluss geben, nämlich, dass Julia davon ausgeht, dass sie inzestuös ein Kind mir Dir gezeugt hat. Das hat mich so tief getroffen, dass ich es mit meinem Gewissen nicht mehr verein-

baren kann, Dir die unverzeihliche Wahrheit vorzuenthalten: Ich hatte mit Betti eine mehrjährige Affäre, aus der Julia hervorgegangen ist. Ihr seid also keine Geschwister. Es gibt keinen Zweifel an der Vaterschaft, da Jimmy zum Zeitpunkt der Zeugung im Krankenhaus lag. Du erinnerst Dich vielleicht daran, dass er wegen seiner Krebserkrankung regelmäßig einige Tage in der Klinik verbringen musste. Wir beendeten unser Verhältnis einige Monate vor Jimmys Tod, da Betti ganz für ihren Mann da sein wollte und es mit ihrem Gewissen nicht vereinbaren konnte. Niemand außer Betti und mir weiß etwas davon, auch deine Mutter nicht. Ich möchte, dass sie es von mir erfährt. Deshalb bitte ich Dich, es vorerst für Dich zu behalten. Es muss sehr schlimm für Julia gewesen sein, dass sie bereits im fünften Monat schwanger war, als sie fälschlicherweise erfahren hat, dass ihr Geschwister seid. Deshalb ist sie Hals über Kopf verschwunden. Betti hat erzählt, dass sie noch am gleichen Tag, als sie von der Tragödie erfahren hatte, versucht haben muss, das Kind in sich zu töten und daran beinahe selbst gestorben wäre. Das Mädchen hat überlebt. Es heißt Lotte und ist fünfzehn Jahre alt. Wir haben nie über Deine Beziehung zu Julia gesprochen und ich weiß nicht, wie eng ihr

*damals zusammen wart, aber ich vermute, dass
Betti Recht hat und Lotte Deine Tochter ist. Leider
muss diese Katastrophe Julia so stark trauma-
tisiert haben, dass sie nicht mehr wiederzuerkennen sei, behauptet, dass sie nicht wisse, wer
der Vater sei und ihre Tochter ziemlich drang-
saliert haben muss. Seitdem sie in der Klinik ist,
kümmert sich Betti um Lotte und ist deren
Vormund.*

*Betti wollte nicht, dass ich es Dir jetzt schon sage,
da Julia auf einem sehr guten Weg sei, ihr Trauma
zu verarbeiten und sie diesen Heilungsprozess
nicht gefährden möchte. Sie wird mit Julias Ärztin
sprechen, ob es zu diesem Zeitpunkt der Therapie
sinnvoll ist, Julia mit der Wahrheit zu konfrontieren beziehungsweise es in die Hände der Ärztin
legen, es ihr schonend beizubringen. Es tut mir
leid. Ich hoffe, dass meine Entscheidung, unsere
Leichen auszugraben, Julia hilft, ihr Trauma zu
heilen und auch Dir die Möglichkeit gibt, die
vergangenen Ereignisse und Julias Verhalten zu
verstehen.*

Vergib mir!

Jack

Wie feige, verantwortungslos, rückgratlos, perfide,
egoistisch, unmenschlich musste man sein, unter dem

Deckmantel der Schonung anderer seine Verfehlungen zu verheimlichen. Noch nie hat Pete eine solche Wut empfunden. Er lief zigmal durch die Wohnung und versuchte mit Jacks Worten »nicht wiederzuerkennen«, »schonend beibringen«, »solange für Dich behalten«, »mit meinem Gewissen nicht mehr vereinbaren« fertigzuwerden. Er schrie: »Wer ist hier wahnsinnig? Sechzehn Jahre, nein: dreiunddreißig Jahre schweigen! Ihr Kanaillen!« Wenn man einen Teil seines Lebens bewusst verschweigt, dann weil man es vor sich selbst nicht vertreten kann, weil es Dinge sind, über die man nicht einmal mit sich selbst zu sprechen vermag, und nicht, um andere zu schonen. Ausgerechnet die beiden Familien haben sich gepaart, die ein besonderes Talent zur Vertuschung eigener Schwächen und Fehler und zum Selbstbetrug haben. Wie kann jemand, der sich nicht einmal traut, sich selbst zu erkennen, es wagen zu sagen, Julia sei nicht wiederzuerkennen. Er tobte: »Ihr habt sie doch nie gekannt! Julia hat im Gegensatz zu euch nichts bewusst verheimlicht, sondern sie hat sich selbst schonungslos seziert und verurteilt.« Er erinnert sich an jedes einzelne ihrer Worte: Sie sei entwürdigt, pervers und habe Schande auf sich geladen. Und jetzt ist ihm auch ihre drastische Rigorosität verständlich: Sie trug die Saat der Schande bereits in sich. Seit wann wusste sie es, warum hat sie ihm nichts gesagt? Um in Würde weiterleben zu können, hat sie das ungeborene

Leben im Keim ersticken wollen und dabei ihr eigenes Leben riskiert. Nach diesem gescheiterten Versuch hat ihr Körper die Herrschaft übernommen und diese Schändung und deren Ursache in das Unterbewusste verdrängt, um ihre Seele zu retten, sonst wäre sie daran zerbrochen. Und diese Kriecher vor sich selbst spielen sich jetzt als Heilsbringer auf, als Traumaheiler, indem sie sich nach dreiunddreißig Jahren zu ihrem Vergehen bekennen? Und auch das doch nur, weil sie Angst haben, vor Scham und Schuld im Boden zu versinken, wenn sie in den Spielgel schauen. Pete kennt Julia und weiß, dass sie ein guter Mensch ist und zwar seitdem sie mit sieben Jahren in der Rolle des sterbenden Sohnes aus dem *Erlkönig* in seinen Armen lag. Er wird sie spüren lassen, dass sie immer ein guter Mensch war und nach wie vor ist. Und er wird Jacks Bitte nicht nachkommen, es so lange für sich zu behalten, bis er und Betti ihr Schweigen brechen. Die Schonfrist ist vor dreiunddreißig Jahren erloschen.

Er nahm ein heißes Bad, rasierte sich und packte seinen Koffer. In der Küche bereitete er ein Picknick mit Scones, Sandwiches, carrot cake und Assamtee zu. Jetzt machten sich seine Grillen bezahlt, seit sechzehn Jahren einmal wöchentlich Karottenkuchen zu backen und davon jeden Tag zur Tea Time ein Stück zu essen, so wie damals mit Julia, und für den Fall, dass sie irgendwann zurückgekommen würde, immer einen

Assam im Haus zu haben, obwohl er Kaffeetrinker war. Dann nahm er seine Werther-Kluft aus dem Schrank, bügelte sie und schlüpfte in deren Obhut. Mit dem Dreispitz auf dem Kopf und Jacks Geständnis über dem Herzen in der Innentasche seines Fracks machte er sich in aller Frühe auf den Weg zum Bahnhof, um England das erste Mal in seinem Leben zu verlassen und die Werther-Tragödie zu stürzen.

* * *

Um vierzehn Uhr stand er mit Picknickkorb vor der Anmeldung der Psychiatrie.

»Ich möchte zu Julia Schröder. Können sie mir sagen, in welchem Zimmer ich sie finde?« »Darf ich fragen, wer Sie sind?« »Werther, ein enger Freund.« Die Dame hinter dem Schalter betrachtete den Mann in der merkwürdigen Kluft und mit Dreispitz auf dem Kopf genauer und kam zu dem Schluss, dass es sich um einen neuen Patienten handeln müsse, weshalb sie um sie Theke ging, ihn behutsam am Arm packte und Richtung Wartezimmer führte, während sie beruhigend auf ihn einsprach: »Guten Tag, Herr Werther, schön, dass Sie da sind. Bitte nehmen Sie doch einen Moment hier Platz! Ich werde mich sofort um Sie kümmern.« Pete durchschaute ihre Gedanken und spielte die Rolle des Patienten mit, bis sie das Wartezimmer verlassen hatte. Dann ging er hinaus und wollte sich auf dem Gelände umsehen, ob es nicht noch einen anderen Eingang gab oder einen Patienten, den er nach Julia fragen konnte. Denn wenn sie schon so lange hier war, müssten einige sie kennen und ihm vielleicht sagen können, auf welcher Station er sie finde. Er bog um die Ecke und war erstaunt, eine so weitflächige schöne Parklandschaft vor sich zu sehen, die ihn ein wenig an Oxford erinnerte. Er ließ seinen Blick über die Grünflächen und den See schweifen, als sein Atem plötzlich aussetzte. Sah er richtig? Saß dort auf der Bank am See Julia? Er wäre am liebsten losgerannt, wollte aber kein Aufsehen erregen, er fiel in seiner Kleidung auch so schon genug auf. Deshalb nahm er den Hut ab und näherte sich Julia in einem weiten Bogen. Einige Meter von der Bank entfernt breitete er unter einer Eiche die Picknickdecke aus, stellte den Korb darauf ab, setzte den Hut wieder auf und schlich sich ganz leise von hinten an. Er überlegte keine Sekunde, was er da gerade machte, es gab für ihn keine Strategie, keine Schonung, keine Zweifel; es gab nur sein Herz, auf das er jetzt vertraute. Julia war tief in ein Buch versunken, das er als jenes erkannte, das er ihr vor vierzehn Jahren zusammen mit seinem letzten Brief geschickt hatte: seine *Werther*-Übersetzung. Er legte seine Hände von hinten vorsichtig auf ihre Augen, so wie es Kinder bei einem Wer-bin-ich-Spiel tun. Julias Schultern senkten sich leicht ab, ihr ganzer Körper entspannte sich und ihr entfuhr unwillkürlich ein Seufzer des Wohlseins. Sie rührte sich nicht, aber Pete spürte, dass ihm ihre Tränen über die Hände liefen. Er zerfloss innerlich und wollte sich wie eine schützende Flüssigkeit über sie stülpen und sie in sich aufnehmen, eins mit ihr sein. Sie berührte seine Hände und flüsterte: »Es ist die Liebe, die die Welt im Innersten zusammenhält.« Er hob sie von der Bank und trug sie auf Händen auf die Decke unter der Eiche und sagte: »Tea Time.« »Der Assam schmeckt gut, aber heute ein wenig anders als sonst, ist es nicht der von Taylors?«, fragte sie. »Doch, doch, aber wahrscheinlich liegt es daran, dass er seit zehn Stunden in der Thermoskanne schwimmt, der Zug hatte ziemliche Verspätung.« »Das wird's sein, aber dein carrot cake ist der Beste, wie eh und je. Allerdings habe ich vergeblich auf deine Gedichte gewartet, die du mir doch täglich schreiben wolltest, um mich zurückzugewinnen?« »Ich habe mich stattdessen für die Neuübersetzung des *Werther* entschieden und dachte, dass du jetzt allmählich mit der Überarbeitung fertig sein müsstest. Gibt es etwas, was ich ändern sollte?« Als hätte die Welt für sechzehn Jahre stillgestanden und sie ihre Gefühle für diesen Zeitraum eingefroren und nun wieder aufgetaut, nahm Julia das Gespräch während ihres letzten gemeinsamen Picknicks in Oxford an gleicher Stelle wieder auf: »Im Großen und Ganzen gefällt mir deine Übersetzung gut. Einige Passagen kamen mir allerdings so vor, als wolltest du dich zu rigoros von der distanzierten, nüchternen Übersetzung Boylans entfernen, sodass du in das gegenteilige Extrem abrutschst, das ist mir zum Teil etwas zu blühend, um nicht zu sagen kitschig.« »Aber du musst zugeben: Edelkitsch.« Sie lachte und strich ihm über die Wange: »Ach, mein Werther, ein wahres Geschmeide.« Pete kniete sich vor Julia und hielt ihr mit ausgestreckten Armen den Ring entgegen, den er ihr vor über sechzehn Jahren das erste Mal geschenkt und sie ihm bei ihrer Trennung zurückgegeben hatte und fragte: »Julia, willst Du meine Frau werden?« »Warte einen Moment.« Sie drehte sich um, holte unter ihrem Pullover eine lange Halskette hervor, entknotete den Anhänger und hielt ihm ihrerseits einen Ring entgegen: »Dann habe ich den ja doch nicht umsonst gekauft. Und ja, sehr gerne!«

* * *

In der Zwischenzeit hatte die Anmeldedame vergeblich versucht herauszufinden, wer dieser neue Patient war, ein Herr Werther war nirgendwo vermerkt. Sie ging zu Julias Zimmer, um zu fragen, ob sie Besuch erwarte, traf sie aber nicht an. Vorsichtshalber wollte sie doch lieber Frau Dr. Rosenowsky darüber informieren, dass ein altmodisch gekleideter Herr mit Hut und Picknickkorb im Wartezimmer sitze und zu Frau Schröder möchte. Da Dr. Rosenowsky gerade in einer Sitzung war, hinterließ sie ihr eine Nachricht auf dem Anrufbeantworter. Als die Ärztin die Nachricht eine halbe Stunde später abhörte, stürzte sie aus ihrem Büro, rannte eine Etage höher, wo sie Julia weder in ihrem Zimmer noch in den Gemeinschaftsräumen fand, ging auf den Balkon, von dem aus sie einen Überblick über den Park hatte und sah, wie der vermeintliche Werther über ihre Patientin herfiel. Auf dem Weg ins Erdgeschoss nahm sie immer zwei Treppenstufen auf einmal und eilte panisch auf die beiden zu. Schon von Weitem rief sie: »Hey, lassen sie sie los, stehen sie sofort auf!« In Küssen versunken war das Liebespaar für die Rufe nicht aufnahmefähig, sodass Frau Rosenowsky sich gezwungen sah, sich von hinten auf Pete zu stürzen und von Julia herunterzuzerren. Erschrocken von diesem Angriff aus dem Hinterhalt drehte sich Pete schwungvoll dem Angreifer entgegen und schlug reflexhaft mit dem Ellenbogen nach hinten, woraufhin Dr. Rosenowsky leicht benebelt neben dem Liebespaar zu liegen kam und sich das schmerzende linke Auge zuhielt. Pete hatte ihr ein ansehnliches Veilchen verpasst. Julia sprang auf: »Ach du meine Güte, sind sie in Ordnung, soll ich Ihnen etwas zum Kühlen holen?« »Danke, es geht schon wieder. Aber was zum Teufel machen Sie hier? Haben

Sie den Verstand verloren?« Julia antwortete ihr vergnügt: »Ganz im Gegenteil, Frau Dr., ich habe ihn vor ungefähr zehn Minuten vollständig wiedererlangt und die vernünftigste Entscheidung in meinem Leben getroffen. Pete, darf ich vorstellen: meine Therapeutin Frau Dr. Rosenowsky. Frau Dr. Rosenowsky: Das ist Pete Brown, oder wenn sie mögen: Werther, mein Verlobter.« Pete mischte sich kleinlaut ein: »Sehr geehrte Frau Dr. Rosenowsky, ich bin untröstlich, aber die Liebe hatte mich so in ihren Bann gezogen, dass ich außer Stande war, angemessen auf Ihren gut gemeinten und mutigen Befreiungsschlag zu reagieren. Bitte verzeihen Sie mir. Zu meiner Entschuldigung möchte ich sagen, dass ich guten Willens war, die erforderlichen Formalitäten einzuhalten, doch als ich merkte, dass die Dame an der Anmeldung mir nicht glaubte und mich als einen vermeintlichen Patienten im Wartezimmer schmoren ließ, wurde ich so unruhig, dass ich mir bloß ein wenig Luft in diesem wunderschönen Park verschaffen wollte und stattdessen unerwartet die Liebe meines Lebens erblickte. Alles Weitere ergab sich dann intuitiv.« Dr. Rosenowsky schaute ihn bedenklich an. Welcher Welt ist dieser Mann mit seiner Mittelalterkostümierung und geschwollenen Rederei nur entstiegen? »Das ist ja alles ganz charmant, was Sie da von sich geben, aber ist Ihnen klar, dass das hier kein Theaterstück ist, sondern dass es um die Gesundheit und Zukunft Frau Schröders und ihrer Tochter geht, die Sie gerade aufs Spiel setzen?«, erwiderte Frau Dr. Rosenowsky aufgebracht.

Julia beruhigte die Ärztin: »Machen Sie sich keine Sorgen, mir geht es wirklich gut. Ich bin froh, dass Pete gekommen ist, auch wenn er Ihnen das blaue Augen hätte ersparen können, wenn er sich angekündigt hätte. Er gibt mir Rückhalt für die schwierige Aufgabe, die mir gleich bevorsteht.«

Prüfenden Blickes willigte die Ärztin ein: »Also gut! Sie machen tatsächlich einen robusten und geistesgegenwärtigen Eindruck. Sammeln Sie sich und wenn Sie so weit sind, kommen Sie in mein Behandlungszimmer. Lotte müsste in einer Stunde eintreffen.«

Als Julia wieder mit Pete alleine war, wurde sie ernst: »Du hast gehört, dass Lotte gleich kommt, deshalb muss ich dir jetzt ohne viel drumherum zu reden, einiges erklären: Ich habe in den vergangenen sechzehn Jahren alles falsch gemacht, was man falsch machen kann, ich hatte einen riesengroßen Knall und fürchte, dass ich nach wie vor einen mittelgroßen habe. Als ich mich damals in dem Pub zu dir an den Tisch gesetzt habe, wusste ich seit einer Stunde, dass ich schwanger bin, was schon ohne die Hiobsbotschaft, die du mir kurz darauf überbracht hast, nicht leicht zu verkraften war. Und dann ist alles über und in mir zusammengebrochen: mein Traum von einem Leben mit dir, die Modelkarriere, der Schulabschluss, das

Leben in England, eine heile Familie; dazu kam ein unerklärlicher Selbsthass und Ekel vor mir selber. Das war zu viel, ich habe mich fast ohnmächtig getrunken, bin zu Dean und habe ihn aufgefordert, obszöne Fotos von mir zu machen. Ich wollte mich in meiner Schlechtigkeit suhlen, mich bestrafen, mir war alles egal. Aber vor allen Dingen wollte ich diesen inzestuösen Bastard in mir töten. Zu Hause habe ich mich in die Wanne gesetzt und mir mit einer Stricknadel immer wieder in die Gebärmutter gestochen, bis das Blut aus mir herauslief und ich das Bewusstsein verlor. Als ich wach wurde, hatte ich gedacht, ich hätte es geschafft und wollte nur noch eines: weg und vergessen.« Pete weinte und hielt ihre Hand, er wollte sie trösten und in den Arm nehmen, aber er spürte, dass jetzt alles aus ihr herauswollte und unterbrach sie nicht. Sie vertraute ihm, drückte seine Hand und schaute ihm in die Augen. »Als ich im Zug saß, regte sich Lotte in meinem Bauch. Sie hatte meinen Tötungsversuch überlebt. Ich fiel wieder in Ohnmacht und wachte erst kurz vor Duisburg auf. Nach der Geburt konnte ich den Anblick dieses kleinen, süßen, hilflosen Geschöpfes nicht ertragen. Betti hat sich ihr die ersten Jahre angenommen. Ich habe jeden Tag meine fleischgewordene Sünde und mein verlorenes Leben in Lotte gesehen, so wie mich habe ich sie gehasst. Ich habe ihr die Schuld für alles gegeben und sie sollte sich dafür meiner Gewalt beugen. Ich wollte sie zu einem Model abrichten. Um mich selbst nicht zu spüren und das, was ich tat, in einem trügerischen Geisteszustand vor mir rechtfertigen zu können, habe ich mich mit Tabletten vollgepumpt.« Sie hielt inne, lächelte ihn an und sagte: »Das Beste an diesem Laden hier ist, dass sie mir in den letzten Monaten dermaßen mein Hirn gewaschen haben, dass ich wieder klarer sehen kann. Und weißt du, was ich dadurch erkannt habe? Dass Lotte so stark war, dass sie sich von mir nicht hat zerstören lassen. Sie hat heimlich Fußball gespielt und ist darin, glaube ich, richtig gut. Und sie hat sich nie mit meiner Lüge zufrieden gegeben, dass ich nicht wisse, wer ihr Vater sei. Entschuldige Pete, ich habe nicht nur dir deine Tochter vorenthalten, sondern auch ihr gegenüber dich verleugnet.« »Schon gut, das ist jetzt vorbei.« »Ich kann mir gut vorstellen, dass sie das ganze Haus auf den Kopf gestellt und vermutlich sogar deine Briefe an mich von damals gefunden hat und ahnt, dass es dich gibt. Sie ist ein Dickkopf und strotzt vor Lebenslust. Das gibt mir Kraft und macht mir Mut, mit ihr zu sprechen, auch wenn sie mich hasst.« Pete freute sich und war voller Zuversicht: »Ich kann es kaum erwarten, meine Tochter kennenzulernen.« Julia war verunsichert: »Denkst du nicht, damit sollten wir noch warten? Ich muss ihr schließlich erst einmal von meinem Leben und jenen unverzeihlichen Taten erzählen und ihr dann auch noch eröffnen, wer ihr Vater und als Höhepunkt, dass er gleichzeitig ihr Onkel ist. Und außerdem bin ich jetzt doch sehr überrascht, dass du meiner Offenbarung, dass du eine Tochter hast, so gelassen begegnen kannst. Wie ist das möglich?« Pete dachte sich: jetzt oder nie, holte tief Luft und sagte: »Ich wusste es bereits.« Sie sah in perplex an: »Wie meinst du das?«

Er stand auf, um Jacks Brief aus der Innentasche seines Fracks zu holen und gab ihn ihr. Nachdem sie ihn gelesen hatte, brach sie in ein gewaltsamen Lachen aus, so wie es nur Kinder und Irre können. Pete schaute um sich und hoffte, dass Frau Dr. Rosenowsky nicht in der Nähe war, denn sie hätte das Lachen wahrscheinlich nicht als kindliches interpretiert. Auch ihm wurde mulmig zumute und ihm kamen Bedenken, ob er diese Bombe nicht doch hätte etwas später platzen lassen sollen. Er nahm ihr den Brief besorgt aus ihrer zitternden Hand und hielt sie fest umschlungen. Sie keuchte: »Kannst du bitte deinen Würgegriff lockern, ich bekomme sonst keine Luft mehr!« Erleichtert sah er ihr in die Augen: »Puh, ich dachte schon …« »Was? Dass ich doch nicht alle Tassen im Schrank habe?« »Nein, nicht ganz. Aber mir wurde plötzlich klar, dass ich gestern, als Jack mit seiner Beichte in meinem Zimmer stand, nicht sicher war, ob ich dem Wahnsinn verfallen war und halluzinierte, und das, obwohl ich nicht annähernd so ein Paket zu tragen habe wie du.

Ich an deiner Stelle wäre jetzt zusammengebrochen.«

»Danke für das Kompliment. Ich fasse es nicht, das heißt, ich hätte mir meine lehrbuchmäßige posttraumatische Belastungsstörung, einhergehend mit einem wuchernden Schuldkomplex und einer vorzeigbaren Persönlichkeitsstörung sparen und stattdessen ein lebenswertes Dasein führen können, wenn … ja, wenn was? Wenn ich auf meinen Bauch gehört, wenn ich mich dir anvertraut, wenn ich eine Nacht darüber geschlafen und nicht mit fünf Promille die wichtigste Entscheidung in meinem Leben getroffen hätte? Es gibt doch sicher so etwas wie eine post-posttraumatische Belastungsstörung oder eine posttraumatische Entlastungsstörung, da wäre ich jetzt die Vorzeigekandidatin.«

Pete warf sie auf die Decke und beugte sich zärtlich über sie: »Du hast zwar einen Knall, aber der stört überhaupt nicht und den dürfen sie dir hier auf gar keinen Fall wegtherapieren.« »Ach ja? Welcher Knall ist dir denn so lieb an mir?« »Du machst nichts mit angezogener Handbremse, also wohlbedacht und abwartend. Bei dir gibt es nur: voller Enthusiasmus und ungezähmte Leidenschaft voraus. Das habe ich schon bei deiner *Erlkönig*-Rolle gespürt und es hat mir damals ein wenig Angst gemacht, da du mich überwältigt hast und ich meine Gefühle nicht mehr unter Kontrolle halten konnte: Mir liefen angesichts dieses sterbenden Knaben die Tränen in Sturzbächen auf dein Gesicht, weißt du noch?« Sie nickt und fährt ihm dabei mit ihrem Finger über seine übersinnlichen Lippen. Er fährt fort: »Die erste Hälfte deines Lebens hat dich dein Knall zu diesem wundervollen Menschen werden lassen, der du bist, und uns beide damals und jetzt wieder zusammengeführt, in der Zwischenzeit hat er sich gegen dich gewendet und du hast dich sechzehn Jahre lang enthusiastisch und leidenschaftlich der Zerstörung deines Lebens gewidmet. Aber das ist nicht deine Schuld und deine selbstvorwerfenden Wenns kannst du dir aus dem Kopf schlagen. Es gibt nur ein einziges Wenn: Wenn unsere Eltern nicht solche scheinheiligen Feiglinge gewesen wären, von denen - verzeihe mir, aber das macht mich so wütend, ich muss es jetzt sagen - Betti die mit dem größten Schein ist. Sie hat als einzige noch nichts gestanden. In einer solchen Schlangengrube konnte ein wahrhaftiger Mensch wie du nicht gedeihen. Stell dir doch mal vor, was für ein Blendwerk unsere Eltern errichtet haben. Könntest du so leben? Sie waren befreundet und haben zwanzig Jahre lang ständig zusammengesessen, gegrillt und gefeiert und wir als unzüchtige Mischlinge mittendrin: Zuerst Jimmy mit Helene, woraus ich hervorgegangen bin, Betti und Jack wussten es, alle haben geschwiegen. Dann Betti mit Jack, das Ergebnis liegt neben mir, beide verheimlichten es. Als das Kind neunzehn Jahre später in den Brunnen gefallen war beziehungsweise in deinen Bauch, fällt meiner Mutter ein, mir zu sagen, dass nicht Jack, sondern Jimmy mein Vater ist. Okay, zerstört man halt mal das Leben zweier Menschen. Und weitere sechzehn Jahre mussten vergehen, bis mein Stiefvater auf die Idee kommt, dass es hilfreich sein könnte, wenn ich wüsste, dass du nicht meine Schwester bist. *Das* ist Wahnsinn.

»Ich denke, ich Wechsel meine Therapeutin: Hast du noch Kapazitäten, Dr. Brown?« »Prof. Dr. phil. habil. Dr. h.c. mult. Pete Brown, wenn ich bitten darf!« »Was?« »Ach, unwichtig, das erzähle ich dir irgendwann einmal. Ich habe eine einzige Kapazität: Dich!« »Und in welche Bahnen soll diese Kapazität in Zukunft ihren Knall lenken, Herr Koryphäe?« »Oxford, Hochzeit, noch ein Kind und unendlich viel Liebe … ach ja: und Sex.«

»Unter zwei Bedingungen: Wir drehen die Reihenfolge um und Lotte ist einverstanden.«

»Ich denke nicht, dass Lotte Einwände gegen elterlichen Sexualverkehr hat. Also: abgemacht.«

Lotte

Vor zwei Tagen hatte Frau Rosenowsky mich zu einem Gespräch in die Klinik gebeten und mir bestätigt, dass ich mit meinen Schlussfolgerungen, die ich aus den gefundenen Briefen gezogen hatte, richtig gelegen habe. Mit diesen Hinweisen habe sie Mutter in den letzten Therapiesitzungen in diese Richtung stoßen können und Julia habe sich ihr anvertraut und die traumatischen Ereignisse ans Licht holen können. Bis sie diese vollständig verarbeitet habe, werde es zwar noch einige Monate dauern, aber sie sei soweit, mit mir über ihre Vergangenheit und meinen Vater zu sprechen. An dem Tag der Aussprache war ich vor lauter Aufregung schon viel zu früh in der Klinik und versuchte meine Anspannung abzubauen, indem ich mit meinem Fußball durch die Parklandschaft dribbelte. Ein Junge, ungefähr in meinem Alter, der das Kaffeetrinken mit den Hirnis, wie er die Patienten nannte, unerträglich langweilig fand, fragte, ob er mitspielen dürfe. Wir grenzten ein Tor mit unseren Jacken ab und fingen an zu kicken. Ich hielt mich zunächst zurück, aber der Typ nahm das Spiel so Ernst, dass ich mir eine kleine Genugtuung erlaubte und ihn zu einem Match bis fünf anstachelte, worauf er spottend einging. Es dauerte nicht lange, bis ich den Ball fünf Mal im Tor versenkt hatte. Er war so sauer, dass er den Ball mit Anlauf und in hohem Bogen Richtung See schoss und sich wütend aus dem Staub machte. Ich sah, wie der Ball bedrohlich auf ein picknickendes Paar zuflog, rannte hinterher und rief: »Vorsicht, Ball!« Der Typ buckelte sich im letzten Moment über die Frau und zog den Kopf ein, sodass der Ball von seinem Rücken abprallte und mir in die Arme fiel. »Entschuldigung, sorry, alles klar bei Ihnen? Als der Mann sich wieder entfaltet hatte, kam eine Frau zum Vorschein, die so aussah wie meine Mutter, nur in halbwegs normal. Ich glotzte die beiden abwechselnd an, die Frau starrte zurück, er scherzte: »Kein Problem, ich bin heute offensichtlich Prellbock für Damen und sonstige Flug-körper, habe mich aber bis jetzt erfolgreich gewehrt.« Ich erwog, ob ich mich hier drin mit Wahnsinn ange-steckt haben konnte und fragte verunsichert: »Seid ihr echt?« Er: »Ach du heilige Scheiße!« Endlich erinnerte ich mich daran, wo ich ihn schon einmal gesehen hatte: auf dem Foto, das in Mutters Buch lag. Das ist er also, mein Vater. Der sah ja in Wirklichkeit noch besser aus als auf dem Foto, bis auf das lächerliche Outfit, aber das gehörte wohl irgendwie zu seiner Rolle, Goethe, Werther und so. Dann setzte ich der Schockstarre ein Ende und tat cool: »Na, dann sind wir ja jetzt komplett, wurde auch Zeit, so nach sechzehn Jahren.« Mein Vater sprang auf und wollte mich umarmen, hielt sich dann aber leider doch zurück und hielt mir stattdessen seine Hand hin: »Ich bin Pete Brown, es tut mir leid, dass ich in deinen ersten fünfzehneinhalb Lebensjahren nicht bei dir war, aber ich weiß erst seit vierundzwanzig Stunden, dass ich eine Tochter habe und bin so schnell wie möglich gekommen, um dich kennenzulernen.« Statt der Hand nahm ich seinen Körper und schlang meine Arme um ihn, er hielt mich ganz fest und küsste mich auf den Kopf. Ich vernahm eine Regung meiner Mutter, die ich nie zuvor gehört hatte: Sie weinte. Vater nahm sie in unser Nest auf. Zum ersten Mal spürte ich, dass Leben nicht nur Kampf um Anerkennung und Stärke zeigen bedeutet, sondern auch ein Hort bedingungs-loser und beschützender Liebe sein kann, in dem man Schwäche zeigen und weinen darf. Das taten wir dann auch ausgiebig. Irgendwann wurde es mir aber doch zu feucht, da meine Eltern Rotz und Wasser auf meinen Kopf heulten, sodass ich mich mit hin und her ruckeln bemerkbar machte, in der Hoffnung, dass sie das als Zeichen erkannten, den Heulknoten allmählich aufzu-lösen. Vater gab nach und seufzte: »Das tat gut, aber jetzt brauche ich unbedingt eine Erfrischung«, nickte in Richtung See und begann sich auszuziehen. Mutter gab zu bedenken, dass es verboten sei, in dem See zu baden, aber unter diesen Umständen könne man eine Ausnahme machen. Ich war nicht sicher, ob sie mich veräppeln wollten oder beide einen Dachschaden hatten: »Das ist ein Scherz, oder?« Sie gingen nicht darauf ein, zogen sich weiter aus und forderten mich auf, bei dem Wahnsinn mitzumachen. Ich äußerte gute Gründe, ihnen nicht zu folgen und sie von ihrem kindischen Vorhaben abzubringen: »Es ist Herbst, das Wasser hat keine Badetemperatur und was meint ihr, was die mit euch machen, wenn die euch in Unterwäsche - wenigstens die lasst ihr bitte an - in den See hopsen sehen? »Die stecken uns in die Klapse!«, rief Mutter, während sie Hand in Hand über den Steg liefen und ins Wasser sprangen. Ich brauchte keine Erfrischung, aber etwas zwischen die Kiemen. Deshalb machte ich es mir auf der Decke bequem und mich über den Picknickkorb her. Der Karottenkuchen war eine Wucht, der machte sogar Romeos Eis Konkurrenz. Ich schnurrte genüsslich vor mich hin und setzte mir zu Spaß Vaters Hut auf, unter dem ein Zettel lag. Während ich las, wurden meine Kaubewegungen immer langsamer, bis sie ganz erlahmten und mir der Kuchen im Hals steckenblieb. Großmutter, dieser Engel, wie Romeo sie nannte, hat ihren geliebten Jimmy, von dem sie immer so schwärmerisch und verliebt erzählte, mit dessen bestem Freund hintergangen und das auch noch, als ihr Jimmy sterbenskrank war, also sieben Jahre lang? Oder vielleicht noch viel länger, wer weiß, ob sie danach nicht weitergemacht haben. Konnte da nicht ein Irrtum vorliegen? Wenn ich recht überlege, wird durch diese Lüge tatsächlich vieles von dem, was Großmutter über ihre Vergangenheit erzählt hat, verständlicher. Jetzt kapiere ich auch, warum sie in ihren Schilderungen oft so merkwürdig in Gedanken versunken war. Und wenn sie dann in Zeitsprüngen weitererzählt hat, hatte ich oft das Gefühl, dass sie irgendetwas verschwieg und meinen Nachfragen auswich. Zum Beispiel die Sache mit dem Wegzug aus England, den sie damit begründet hat, dass sie sich ohne ihren Jimmy dort allein und fremd gefühlt und es zwischen ihr und ihrer Freundin Helene öfter Streit gegeben habe. Ist klar, wenn man sich einen Mann heimlich teilt. Das Alleinsein hat sie ja scheinbar intensiv kompensiert. Seltsam fand ich zudem, dass sie Julia alleine zurückließ. Aber auch darauf hatte sie eine Antwort parat, die ich nun unter einem ganz anderen Licht verstehen muss: dass die Browns, eine eng befreundete Familie im Nachbarort, ihr versicherten, dass sie ein Auge auf Julia werfe. Sie sagte »die Browns« und meinte Julias Vater. Diese Schlange! Ich weiß noch, wie empört ich darüber war, als sie mir erzählte, dass alle vier die Wahrheit, dass Helene und Jimmy zusammen im Bett gelandet waren, absichtlich verdrängt hatten, da es oft gesünder sei, Leben und Wahrheit zu trennen und das Leben nicht durch die Wahrheit auf eine gefährliche Probe zu stellen. Damit hatte sie sich einen Freibrief oder zumindest eine Rechtfertigung für ihre Untreue zurechtphilosophiert und jetzt hat das Leben ihre Philosophie widerlegt: Das jahrzehntelange Lügengebäude war für Pete, Julia, mich und wahrscheinlich auch für Petes Mutter und Jack nicht gesünder als die Wahrheit, sondern hat uns viele Jahre unseres Lebensglücks genommen und meine Mutter in den Wahnsinn getrieben. Und letztendlich wird auch Großmutter ihre Heuchelei doppelt und dreifach zurückzahlen müssen, denn sie wird sich selbst nicht mehr im Spiegel anschauen können. Es macht mich traurig, da ich Großmutter eigentlich sehr lieb habe. Aber andererseits widert mich diese egoistische Verlogenheit und Feigheit dermaßen an, dass ich ausrasten könnte, denn sie weiß seit unserem Gespräch vor drei Wochen, dass Julias Trauma durch die Annahme ausgelöst wurde, dass sie mit ihrem Bruder ein Kind gezeugt habe. Und anstatt endlich die Katze aus dem Sack zu lassen, sagte sie, ich solle die Geschichte erst einmal Dr. Rosenowsky anvertrauen, was ich gemacht habe. Das heißt, sie hat in Kauf genommen, dass die Therapie in falsche Bahnen gelenkt wird, um ihre Affäre weiterhin zu verbergen und dieses untadelige Trugbild von sich zu bewahren. Aber anscheinend hat sie ihr schlechtes Gewissen doch so sehr geplagt, dass sie sich jemandem öffnen musste und wer käme dafür besser in Frage, als der zweite Hauptprotagonist in dieser

Lügengeschichte: ihr Komplize Jack Brown.

Doktor Rosenowsky kniete plötzlich neben mir und riss mich aus meinen Gedanken: »*Da* bist du. Wir sind seit einer halben Stunde verabredet. Hast du deine Mutter gesehen?« »Die macht auf Hippie und plantscht mit Vater im See.« Dr. Rosenowsky schaute ungläubig auf das schwimmende Geflecht und ließ sich erschöpft auf die Decke fallen: »Ich dachte, ich hätte deine Mutter verstanden, aber das passt nicht in mein diagnostisches Konzept: Sechzehn Jahre lang verleugnet sie diesen Mann und ist in Schuldkomplexen gefangen, dann taucht er aus heiterem Himmel auf - wer weiß, warum ausgerechnet jetzt, im entscheidenden Therapieschritt - und nun kann sie gar nicht genug von ihm kriegen. Und als Krönung macht er ihr auch noch einen Heiratsantrag, den sie unvernünftiger Weise annimmt, obwohl sie offiziell gar nicht heiraten dürfen.« »Bevor Sie an Ihrer Kompetenz zweifeln, lesen Sie das hier. Aber ich würde Ihnen raten, vorher etwas Nervennahrung zu sich zu nehmen. Hier, probieren Sie diesen Karottenkuchen, ich habe noch nie so einen köstlichen gegessen.« Frau Doktor war allerdings bereits nach den ersten Zeilen genauso wenig wie ich vorhin zum Essen und zur Aufnahme äußerer Reize fähig, weshalb sie nicht bemerkte, dass meine Eltern sich tropfend und wie hormonelle Anachronisten näherten. Ich tippte sie an, um sie auf die Ankömmlinge aufmerksam zu machen und damit sie mir den Brief noch rechtzeitig zurückgab, sodass ich ihn wieder unter den Hut legen konnte, den ich dummerweise noch auf dem Kopf hatte. Aber ich hörte, wie Pete bereits eins (Lotte hat den Hut auf dem Kopf, also den Brief entdeckt) und eins (die Ärztin sitzt neben Lotte und starrt entrückt auf einen Zettel) zusammengezählt hat und zu Mutter sagte: »Okay: Sie wissen es!« Und Mutter gab, statt hysterisch, wie ich sie kannte, leichthin zurück: »Dann haben wir wenigsten die erste Leiche schon einmal aus dem Keller geholt.« Frau Rosenowsky war aufgestanden und hatte ihre fachgerechte Haltung wiedergefunden: »Frau Schröder, ziehen Sie sich bitte etwas über und nehmen Sie eine heiße Dusche und dann würde ich Sie bitten, in mein Büro zu kommen.« Sie entfernte sich und meine Eltern zogen sich, nass wie sie waren, ihre Klamotten über. »Pete, geh schon vor, hier hast du den Schlüssel, Zimmernummer 113, schau, du kannst es sogar von hier aus sehen, der Balkon mit den Nesseln.« Sie zwinkerte ihm zu und er musste lächeln und gab ihr einen Kuss, es gab wohl in der Vergangenheit ein gemeinsames Nesselerlebnis. Mutter setzte sich zu mir, nahm meine Hand und schaute mir liebevoll und entschuldigend in die Augen, sodass ich ihrem Blick ausweichen musste, da er für mich so fremd und intensiv war, als bekäme ich auf einmal eine Überdosis Mutterliebe verabreicht. »Lotte, ich habe alles falsch gemacht in deinem Leben und ich kann es nicht entschuldigen, aber es gibt einiges aus meiner Vergangenheit, das ich dir erzählen möchte, auch wenn die Gefahr besteht, dass du mich dann noch mehr hasst. Aber ich denke, unsere einzige Chance für einen Neuanfang und eine gemeinsame Zukunft ist, dass ich meinen Friedhof ausmiste und dir meine verbuddelten Leichen schonungslos präsentiere. Vielleicht kannst du mein Verhalten dann ein wenig nachvollziehen und mir irgendwann verzeihen. Sagst du mir, wenn du bereit bist, dir meine Lebensgeschichte anzuhören?« Ich erschrak vor meinen eigenen Gefühlen: Ich hätte Mutter am liebsten umarmt und ihr gesagt, dass ich ihr bereits so gut wie verziehen habe. Was vielleicht auch daran lag, dass ich die ekeligsten Leichen wahrscheinlich eh schon durch meine Schnüffelei ausgegraben hatte. Aber ich wollte es ihr nicht zu leicht machen. Deshalb rief ich mir Situationen ins Gedächtnis, in denen sie mich besonders abscheulich behandelt hatte, nutzte meine antrainierte Härte und riss mich zusammen. Ich durfte ihr nicht gleich die ganze Hand reichen, erst einmal nur den kleinen Finger: »Ich bin bereit.« Sie lächelte und strich mir über den Kopf: »Wollen wir heute Abend mit dem ersten Kapitel bei einem gemeinsamen Abendessen starten?« »Und was ist mit Dad?« »Du nennst Pete Dad?« »Es gibt einen Jungen aus meiner Klasse, der nennt seinen Vater Dad, obwohl der Deutscher ist, bloß, weil er cool sein möchte, das finde ich lächerlich. Aber wenn man wirklich einen englischen Vater hat, muss man nicht einmal so tun, als wäre man cool, sondern man ist es. Und es hört sich auch liebevoller und lustiger an als Papa. Papa klingt für mich so entwicklungsverzögert, als wäre man in der Babbelphase steckengeblieben. Denkst du, er möchte nicht, dass ich ihn so nenne?« »Ich weiß es nicht, frag ihn. Er hat ja beide Staatsangehörigkeiten, übrigens genauso wie ich. Du bist aber nie auf die Idee gekommen, mich Mum zu nennen, oder?« »Also, ich will dir jetzt nicht zu nahe treten, aber meinst du, dass dich die Attribute liebevoll, lustig und cool bezogen auf die letzten sechzehn Jahren treffend beschreiben?« »Schon gut, hast ja Recht. Pete wird sich heute ein Hotelzimmer in der Nähe nehmen und nichts dagegen haben, alleine zu Abend zu essen. Er kann sich sowieso kaum noch auf den Beinen halten. Worauf hättest du denn Lust?« Es war Zeit für die erste Toleranzprüfung: »Auf eine riesengroße Salami-Pizza, im Pappkarton geliefert und im Bett gegessen, dazu ein Malzbier.« »Das nehme ich auch. Kümmerst du dich darum, während ich bei Frau Rosenowsky bin?« »Äh, dein Ernst?« »Oh, entschuldige, du kennst dich hier ja noch nicht so gut aus. Es liegt ein Branchenverzeichnis neben der Anmeldetheke und du kannst mein Zimmertelefon benutzen.« »Das meine ich doch nicht, ich wundere mich bloß über dein Einverständnis und deine neuen Essgewohnheiten.« »Ach so, vielleicht sollte ich dich vorwarnen: Ich mache seit einigen Wochen ziemlich große Rückschritte in meiner Persönlichkeitsentwicklung und bin auf dem Stand von vor meinem Knall angekommen. Da werden ab jetzt so einige Überraschungen auf dich und auf mich zukommen.«

»Dann lass uns einpacken, ich kann es kaum erwarten.«

* * *

Unser Leichenschmaus begann so, wie ein richtig gelungener Mutter-Tochter-Abend aussehen muss: mit einem Bärenhunger fläzten wir uns gemeinsam aufs Bett, legten die fetttriefenden Pizzakartons zwischen uns und schlabberten die nach Pappe schmeckenden dreieckigen Stücke mit weit in den Nacken gelegten Kopf in uns hinein. Denn anders als ihr italienisches Original, ist die Duisburger Pizza ein dickteigiger Matsch, eingefasst von einem ins Verkohlte tendierenden gewichtigen Rand, der einzig als Griffleiste dient. Man hebt damit ein Pizzastück an, das sofort rechtwinklig vom Rand an nach unten hängt, und versucht mit wenig Verlust, also möglichst schnell den Arm nach oben zu führen und das tropfende Stück über den zur Decke zeigenden Mund auszurichten und in dieser Position so lange zu verharren, bis das Stück unter mehrmaligem in dieser Position etwas beschwerlichem Schlucken vollständig im Mund versenkt ist. Dann versichert man sich durch wohlige »Hhmm«-Laute, dass die Pizza die Anstrengungen wert ist, entspannt kurz den Nacken und schüttelt den Arm aus und nimmt sich das nächste Stück vor. Das Malzbier trinkt man als Zwischendessert dazu, nicht um den Durst zu löschen. Im Gegenteil, man wird dadurch regelrecht gierig nach klarer Flüssigkeit, sodass man nach der Hälfte der Pizza eine Flasche Wasser hinunterstürzen muss, bevor man die zweite Hälfte angeht. Da Mutter, zumindest seit ich sie kenne, noch nie eine Pizza gegessen hat, schien sie ein Naturtalent zu sein, denn sie vollführte diese Verzehrtechnik so gekonnt, dass ihre Umgebung krümel- und fetttropfenfrei geblieben war, sie sich nach dem Essen ihr Gesicht und ihre Hände nicht mit Seife waschen musste, um sie von der Ölschicht zu befreien und ihr Pullover ohne Fettflecken davonkam. Und das nicht etwa, weil sie besonders behutsam geschlemmt hätte, sie war sogar vor mir fertig und hatte nicht einmal den Rand übrig gelassen. Von da an war ich bereit ihr alles zu verzeihen.

»Bist du nach der schweren Kost wirklich für eine noch unverdaulichere bereit?«, fragte Mutter.

»Das ist die perfekte Isolierschicht für alles Unange- nehme. Ich bin bereit.«

»Wo nimmst du nach den ganzen qualvollen Jahren nur

so viel Optimismus, Lebensfreude und Unbeschwertheit her?«

Lotte schaute ihre Mutter eindringlich und offenherzig an und zögerte mit der Antwort, weshalb ihre Mutter fragte: »Was hast du, habe ich etwas Falsches gesagt?«

»Vielleicht sollte ich mit einem Geständnis anfangen. So viele *böse* Überraschungen wird es für mich nicht geben. Ich habe es nämlich ausgenutzt, von deiner Überwachung befreit zu sein und das Haus auf den Kopf gestellt, besonders die verbotenen Zonen wie dein Zimmer.«

»Oje, ich habe es geahnt. Vorhin habe ich noch zu Pete gesagt, dass du wahrscheinlich schon einiges herausgefunden hast. Wie groß ist dieses Einiges?«

»Ich gebe dir mal ein paar Stichwörter: Lampe, Schlüssel, Speicher, Koffer, Briefe, Aktfotos, Dean Bale, dein Eintrag in Steinbecks Roman: ›Ich hasse Dich!‹, Foto von Pete, stundenlange Gespräche mit Betti und Romeo, apropos Romeo: Liebe - Fragezeichen?«

»Oh, mein Gott!«

»Ist schon gut, Lotte reicht mir.«

»Und was sagst du zu den Fotos?«

»Ganz so leicht habe ich die nicht weggesteckt. Die sind schon ein anderes Kaliber als die Fotolovestorys aus der *Bravo*. Falls du irgendwann einmal dringend Geld brauchst, der *Playboy* würde dir sicher einen ordentlichen Preis dafür machen. Weiß Pete davon?«

»Er hat sie nicht gesehen, aber ich habe ihm von dem Vorfall erzählt.«

»Vorfall?«

»Puh, Lotte, Frau Rosenowsky hat mir vorhin geraten, es langsam angehen zu lassen. So würden wir mit einer der dicksten Leichen anfangen.«

»Die Leichtgewichte habe ich ja wahrscheinlich schon alle ausgebuddelt, oder? Und dann hätten wir es hinter uns.«

Ich sah, dass Mutter Angst vor diesem Schritt hatte, weshalb ich ihre Hand nahm und zurückruderte: »Mutter, vielleicht hat die Rosenowsky recht, wir müssen doch jetzt nichts überstürzen. Wie wäre es, wenn du mir von einem schönen Ereignis aus deiner Kindheit erzählst, über die positiven Seiten deines Lebens habe ich nämlich kaum etwas herausfinden können. Die gab es doch bestimmt?«

»Oh ja! Es gab so viel Schönes in meinem Leben, dass es viele Tage brauchte, bis ich dir davon erzählt hätte und das möchte ich gerne in aller Ruhe in unserem gemeinsamen neuen Leben tun. Aber damit du entscheiden kannst, ob du dich auf ein solches einlassen möchtest, musst du wissen, was mir passiert ist und mit wem du es zutun hast. Also, versuchen wir es. Es war der 15.12.1966, kurz vor den Weihnachtsferien, ich war in der vorletzten Klasse und wurde in vier Wochen achtzehn. Nach der Schule ging ich zu meiner

Frauenärztin zwecks jährlicher Routineuntersuchung, als sie sich plötzlich darüber empörte, dass ich erst jetzt gekommen sei, aber sie könne mir versichern, dass es dem Kleinen gutgehe. Ich fragte entgeistert, wovon sie rede; sie schaute mich ungläubig an und unterbreitete mir meine bereits im fünften Monat bestehende Schwangerschaft. Ich stürzte verstört aus der Praxis und überlegte, ob das überhaupt sein könne. Meinem Bauch sah man nichts an. Auf meine Periode war auch kein Verlass, die hatte ich sehr unregelmäßig und mit Pete hatte ich bis auf wenige Male verhütet und auch nur dann nicht, wenn ich jenseits möglicher fruchtbarer Tage war und er doppelt aufpasste. Aber offensichtlich hatte das mit dem Aufpassen nicht funktioniert und ich musste mich mit dieser Tatsache auseinandersetzen und versuchte mir meine Zukunft auszumalen: zuerst war sie schwarz, dann grau und nach einer halben Stunde hatte sie dann zwar keinen rosafarbenen, aber immerhin grünlichen Anstrich in der Art: mit Pete zusammenziehen, nach einem Jahr Babypause die Schule zu Ende machen, mit Unterstützung unserer Eltern durch die ersten schwierigen Jahren hindurchkommen und dann irgendwie eine halbwegs glückliche Familie werden. Ich wollte so schnell wie möglich mit Pete reden und machte mich auf den Weg zu ihm. Und da sah ich ihn plötzlich mit dem Kopf auf dem Tisch in einem Pub sitzen. Ich ging zu ihm und mir war sofort klar, dass etwas sehr Schlimmes passiert sein musste. Er war angetrunken, obwohl er Alkohol sonst nie anrührte und er, den so leicht nichts umhauen konnte, schien am Boden zerstört. Er sah mich verheult und blass wie Eiter an und versuchte zu sprechen, aber er konnte nicht. Stattdessen legte er mir das Foto, das du in meinem Buch gefunden hast, und zum Vergleich Fotos von Jimmy hin. Während ich zwei doppelte Whisky herunterkippte, schaffte er es, die Tragödie auszusprechen: Er habe kurz zuvor von Helene erfahren, dass wir Halbgeschwister seien. Und das war‹s. Von einer auf die andere Sekunde wechselte die Farbe meiner Zukunft von grün in leichenblass, ich gab Pete diesen Ring hier, den er mir vier Monate vorher nach einem gemeinsamen Liebessommer in Oxford mit der Gravur *meiner Lotte 03.08.66* geschenkt hatte, zurück und verließ das Lokal. Um nichts mehr zu spüren, kaufte ich mir noch eine Flasche irgendeines billigen Fusels, trank, bis ich meine Verzweiflung betäubt hatte und torkelte in Deans Fotostudio. Ich wollte mich bestrafen, indem ich aller Welt meine Sünde, meine Verdorbenheit zeige, mich entblöße und zu einem Stück Fleisch herabwürdige, das die Männerwelt gierig begaffen soll. Dean gab mir einen Bademantel und stellte mir eine Flasche Wasser hin und ging in die Dunkelkammer, um die Fotos zu entwickeln. Aber die Fotos waren mir egal, darauf wollte ich nicht warten. Also zog ich mich an und ging nach Hause. Die Thornbys waren für ein paar Tage zu Verwandten gefahren, sodass ich das Haus für mich hatte. Tja, ich hätte besser bei Dean bleiben und die Fotos mitnehmen sollen. Dann hätte Lissy sie nicht bei ihm entdeckt, wäre vielleicht bei ihm geblieben und die siebzehn Jahre während enge Freundschaft zwischen ihr und mir wäre nicht zerstört worden. Und vor allem ...« Hier brach Mutter jäh ab und schaute mich zum ersten Mal wieder an, während ihrer Erzählung hatte sie den Blick gesenkt. Es fiel ihr sehr schwer, darüber zu reden, sie schämte sich. Aber da war noch etwas in ihrem Blick: eine tief sitzende Schuld, die sie quälte und die sie sich selbst nicht verzeihen kann, und Angst. Ich ahnte, dass es jener selbstmörderische Versuch gewesen war, mich zu töten, der ihr nun die Sprache verschlug. Ich redete ihr gut zu: »Mutter, ich weiß, dass du gerade den Spaten an der dicksten Leiche ansetzen wolltest. Aber vielleicht ist es noch zu früh dafür. Frau Rosenowsky hat mir erklärt, dass es passieren kann, dass die gleichen Gefühle von damals wieder hochkommen können, wenn du dich an die traumatischen Ereignisse erinnerst und dass das nicht ungefährlich sei, da es zu Schocks und einer Retraumatisierung kommen könne. Ich denke, du solltest erst noch etwas Muskulatur aufbauen, bevor du weiterbuddelst, oder? Das gerade war ja auch schon ziemlich heftig.« »Ach Lotte, was bist du für ein Pfundskerl, von wem hast du nur dein zwischenmenschliches Gespür? Mir kann ich das wohl leider nicht auf die Fahnen schreiben.« »Ich hätte beinahe gesagt: von Großmutter, aber mit der habe ich noch einen Truthahn zu rupfen. Ich glaube, von der bin ich noch mehr enttäuscht als von dir. Du hast wenigstens ein saftiges Trauma als Entschuldigung vorzuweisen und nicht das Engelchen vorgetäuscht. Aber in den ersten Jahren war sie wirklich sehr gut zu mir. Und auch Romeo hat mir eine große Portion Empathievermögen und ganz viel Lebensfreude verpasst.« Mutter lächelte: »Ach Romeo, der ist zu lieb für diese Welt oder sagen wir besser, für Frauen wie mich. Bei dem habe ich auch noch viel gutzumachen. Und was Betti angeht: Ich hatte nie ein besonders vertrauensvolles Verhältnis zu ihr. Wir waren nicht auf einer Wellenlänge. Dagegen waren Jimmy und ich ein Herz und eine Seele. Damit, dass sie ihn hintergangen und mir meinen biologischen Vater verschwiegen hat, kann ich leben. Aber dass sie beinahe mein, Petes und dein Leben zerstört hat, das macht mich wütend und fassungslos.« »Aber sie wusste doch nichts von dir und Pete!« Mutter lächelte verächtlich: »Das hat sie behauptet? Vielleicht wollte sie davon nichts wissen. Aber sie musste davon erfahren haben, denn meine Beziehung zu Pete wurde bereits enger, als sie noch in England war. Und mit Helene - und wahrscheinlich auch mit ihrer Affäre Jack - hatte sie noch regelmäßig

Kontakt. Und glaubst du nicht, dass sie über Pete und mich gesprochen haben? Wir waren doch ständig zusammen, auch bei den Browns. Ich habe Pete beim Umzug nach Oxford geholfen und war während der ganzen Sommerferien bei ihm. Helene hatte damit ein großes Problem und wollte uns auseinanderbringen. Und außerdem hat Betti mitbekommen, dass Pete mir Briefe geschickt hat. Sie hätte spätestens, als ich schwanger vor ihrer Tür stand, die Karten auf den Tisch legen müssen.«

»Dann wäre ich jetzt eine Engländerin und Stürmerstar bei *Arsenal*.« »Ganz genau!« Die gemeinsame Empörung hatte uns Luft verschafft und Mutter fasste Mut für einen neuen Anlauf: »Ich fürchte, wir haben vom Ausbuddeln abgelenkt. Ich kann dir die Besorgnis, dass ich einen Schock erleide und du mich wiederbeleben musst, nehmen. Denn das Trauma besteht nicht in den Schmerzen, die ich in jenem Moment, von dem ich dir erzählen muss, zu ertragen hatte, da hatte ich mit Alkohol ausreichend vorgesorgt. Was mich quält, ist, dass ich mich selbst dafür verachte, nach wie vor, und dass es unverzeihlich ist und ich Angst habe, dass du mich endgültig zum Teufel jagst, wenn ich damit rausrücke.« »Ach Mum, bis auf die Einzelheiten weiß ich doch schon, worum es geht. Es lässt sich aus den Briefen, nicht zuletzt aus dem von Jack an Pete und aus den stundenlangen Gesprächen mit Betti schlussfolgern. Das Wichtigste ist doch, dass wir es beide überlebt haben und jetzt hier zusammen auf dem Bett sitzen und darüber reden. Das sind zwei Wunder. Und auch wenn ich mir nicht vorstellen kann, dass ich in deiner Situation so barbarisch und gnadenlos gehandelt hätte, kann ich dich doch verstehen, da du unverschuldet in eine Situation katapultiert wurdest, aus der du nicht herauskamst: Du warst erst siebzehn, hattest keine dich beschützenden Eltern, niemanden, dem du dich in dem Moment hättest anvertrauen können. Wenn Lissy zu Hause gewesen wäre, hätte sie dich vielleicht davon abgehalten. Du musst es mir nicht in allen Einzelheiten schildern. Ich möchte es auch gar nicht so genau wissen.«

Mutter schaute mir tief in die Augen und sie sah plötzlich von innen heraus anders aus, irgendwie gutmütig. In dem Moment spürte ich, dass sie mich nie mehr fallen lassen wird. Sie weinte und sagte: »Du hast mir meine Würde zurückgegeben!«

DANK

Ich danke meinen Fehlerteufelchen Debbi und Pitt.

DENISE RÜLLER, geboren 1978 in Duisburg, hat in Münster und Köln Germanistik und Philosophie studiert. Sie lebt in Hamburg und ist Lehrerin an einem Gymnasium in Schleswig-Holstein.

Zeitfracht Medien GmbH
Ferdinand-Jühlke-Straße 7
99095 Erfurt, Deutschland
produktsicherheit@kolibri360.de